ジャック・ロンドン ショートセレクション

世界が
若かったころ

千葉茂樹 訳　ヨシタケシンスケ 絵

理論社

荒野の旅人

To the Man on the Trail

「いれちまえよ！」

「だけどなあ、キッド、すこしばかり強くなりすぎないか？　ウィスキーにエタノールだけでも十分強いのに、そこにブランデーとペッパー・ソース、それに……」

「いいから、いれろって。これこそ、おれさま特製《とくせい》の『カクテル』なんだからな」マラミュート・キッドはもうもうと上がる蒸気《じょうき》のむこうで、にやりと笑いながらいった。「おまえも、おれとおなじくらいこの土地に住んでりゃわかるさ。いつもはウサギだのサーモンだのばっかり食ってるんだ。年に一度のクリスマスぐらい、いいじゃないか。『カクテル』のないクリスマスなんざ、金なんぞひとつもない岩に穴《あな》を掘《ほ》るようなもんだ」

「ああ、まちがいない」ビッグ・ジム・ベルデンも賛成《さんせい》している。ビッグ・ジムはメイジーメイの鉱山《こうざん》からクリスマスを過ごすためにやってきていた。この二か月ばかり、ヘラジカの肉しか食べていないのは、だれもが知っていることだ。「おまえさんたち、おれたちがタナナで作った闇酒《やみざけ》のことは忘《わす》れてないだろ?」

「ああ、覚えてるさ。タナナ族の連中がその酒ほしさにケンカをおっぱじめたところを見たなら、だれだって楽しい気分になるだろうさ。なにしろ、その酒ってのが、砂糖《さとう》とパン種を発酵《はっこう》させて造ったものなんだからな。あれは、おまえさんが来る前のことだったたな?」マラミュート・キッドは、スタンリー・プリンスに顔をむけていった。スタンリーは、ここにきて二年ほどになる若《わか》いやり手の鉱山技師《ぎし》だ。

「あのころ、この土地には白人の女はいなくてな、メースンはタナナ族の族長のルースっていう娘《むすめ》と結婚《けっこん》しようとしたんだ。だが、族長はもちろん、部族のだれもが反対してな。かたくなだったたかって? そりゃあ、もう。そこでおれが砂糖を全部使って酒を造って、やつらを酔《よ》わせて、かけ落ちの手引きをしたってわけだ。あんなにうまくやりおおせたのは、あとにも先にもはじめてのことさ。あのときの追いかけっこを見せてやりたかったな。おれたちは河《かわ》まで下って凍《こお》った河をわたったんだ」

「それで、そのルースっていう娘《むすめ》は？」背《せ》の高いカナダ人のルイス・サボイが興味《きょうみ》津々《しんしん》でたずねた。前年の冬、フォーティマイルにいたころ、この無鉄砲《むてっぽう》な冒険《ぼうけん》の話を耳にしていたからだ。

サボイのことばをきっかけに、生まれついての語り上手、マラミュート・キッドは、北の国の花嫁強奪劇《はなよめごうだつげき》をありのまま語りだした。この物語に、その場にいた北の冒険家《ぼうけんか》たちだれもが、ふたりが逃《に》げおおせた燦々《さんさん》と太陽の光がふり注《そそ》ぐ南の国の牧場へのあこがれをかきたてられた。南の国とは、寒さと死との戦いにあけくれる荒《あ》れ果てた北の土地にはないものを約束してくれる場所なのだ。

「ユーコン河の氷がその年はじめて割《わ》れはじめたのは、おれたちがわたり終えた直後だった。タナナ族の連中が河辺《かわべ》にたどり着いたのは、そのほんの十五分後のことだったんだが、おかげでおれたちは助かったってわけだ。割れた氷が一挙《いっきょ》に押《お》し寄《よ》せて、やつらの身動きを取れなくしてくれたのさ。連中がようやくヌクルキエトにたどり着いたときには、あとの祭りさ。結婚式《けっこんしき》については、式を執《と》り行ったルーボー神父にきくんだな」

自分のことが話にでてきて、神父はパイプを口からはなしたが、重々しく微笑《ほほえ》んだだけでことばは発しない。まわりにいた一同は、拍手喝采《はくしゅかっさい》している。

「ステキだ！」ルイス・サボイが大声をあげた。すっかりこのロマンティックな話に感激《かんげき》している。「かわいらしい娘さんに、勇敢《ゆうかん》なメースン。ステキだ！」

ちょうどそのとき、一杯目《いっぱいめ》のカクテルを注《つ》いだブリキのカップが一同にまわされた。ベトルズがはじかれたように立ち上がり、お気に入りの酒飲みの歌をうたいはじめた。

「ヘンリー・ウォード・ビーチャーと、日曜学校の先生たち《ティーチャーズ》、ルートビアを飲んだとさ。けれどもやっぱりほんとのところ、そいつは禁《きん》じられた果実のジュース」

「そいつは禁じられた果実のジュース」酔《よ》いのまわった一同もがなり立てる。「けれどもやっぱりほんとのところ、そいつは禁《きん》じられた果実のジュース。禁じられた果実のジュース」

マラミュート・キッドのあやしげなカクテルが効《き》いて、鉱夫《こうふ》たちや旅まわりの一同はほどよく体をほてらせ、与太話《よたばなし》や陽気な歌、過去《かこ》の冒険談《ぼうけんだん》に花を咲《さ》かせた。

さまざまな国から集まった一同が、互《たが》いに乾杯《かんぱい》の音頭《おんど》をとりあう。イギリス人のプリンスが「新世界アメリカのおませなアメリカ人乾杯」と唱えれば、アメリカ人のベトルズが「女王陛下《へいか》乾杯」と唱え、カナダ人のサボイとドイツの商人マイヤーズが、アルザス地方とロレーヌ地方をたたえてカップを打ち鳴らした。

マラミュート・キッドがカップを手にしたまま立ち上がり、油紙で覆《おお》われた分厚《ぶあつ》い霜《しも》のはった窓《まど》に目をやった。「今宵《こよい》、荒野《こうや》を行く旅人よ、健《すこ》やかなれ。食べ物にありつき、犬どもが倒《たお》れませんように。そして、マッチでちゃんと火をおこせますように」

ビシッ！　ビシッ！

そのとき、犬に鞭《むち》をあてるきき慣《な》れた音と、マラミュート犬の悲しげな吠《ほ》え声がきこえ、小屋にむかって近づく、雪を踏《ふ》みしめるそりのガリガリという音がした。一同はそちらに気を取られ、会話の声も静まった。

「どうやら旅慣れたやつだな。まずは犬のめんどうを見て、それから、自分の始末をしてる」マラミュート・キッドがプリンスにむかってそういった。あごをがちがちいわせる音やオオカミのようなうなり声、痛《いた》みにあげるキャンキャンという声をきくだけで、そこにいた経験豊《けいけんゆた》かなだれもが、その旅人が自分の犬にだけ食べ物を与《あた》えて、ほかの犬たちを追いはらっているようすを手に取るように思い浮《う》かべた。

その後、ノックの音がして、鋭《するど》く、自信に満ちた顔つきの見知らぬ若者《わかもの》がはいってきた。明かりに目がくらんだのか、一瞬《いっしゅん》立ちすくんだので、そこにいただれもがその若者をじっくり観察《かんさつ》することができた。羊毛と毛皮でできた防寒具《ぼうかんぐ》を身につけたその男は、はっとするほど見映《みば》えのいい男前だった。

身長は百九十センチほどあり、肩幅《かたはば》も広く、胸板《むないた》も厚い。きれいにひげをそった顔は、冷たい空気にさらされたせいでピンクに染《そ》まり、長いまつ毛とまゆ毛には白い氷がついている。オオカミ革《がわ》の大きな帽子《ぼうし》の耳垂《みみだ》れと首覆《くびおお》いを無造作《むぞうさ》に巻《ま》き上げたその若者《わかもの》は、いままさに夜の国から足を踏《ふ》みだした「霜《しも》の王」とも思えるような立派《りっぱ》な姿《すがた》だった。

厚手《あつで》のコートの外側に巻いたベルトに、大型のコルトのリボルバー二挺《ちょう》とハンティングナイフ一丁《ちょう》を差し、手には必需品《ひつじゅひん》の犬用の鞭《むち》と、見たことがないほど口径《こうけい》の大きい最新式の無煙型《むえんがた》ライフルを持っていた。前に進む足取りはしっかりしてしなやかなのだが、重くのしかかる疲労《ひろう》はかくしようがなかった。

しばらく気まずい沈黙《ちんもく》がつづいたが、若者が「みなさん、ごきげんよう」とあいさつしたので、一同の緊張《きんちょう》もとけた。マラミュート・キッドはすぐさま手を差し伸《の》べてがっちりと握手《あくしゅ》をした。ふたりは初対面ではあったが、おたがい噂《うわさ》はきいていて、知っていた。かんたんな自己紹介《じこしょうかい》のあと、カクテルをすすめられたので、用件《ようけん》を伝えるのはあとまわしになってしまった。

「男三人を乗せた八頭立ての犬ぞりが通ったのはいつでしたか？」若者はたずねた。

「二日前だな。あんたは連中を追ってるのかい？」

「そうなんです。あれはぼくの犬ぞりでね。やつらはぼくの鼻先をかすめて、盗《ぬす》んでいったんですよ。ちくしょうめ！　でも、これで二日分近づいた。次のひとっ走りで追いついてみせるさ」

「逆《ぎゃく》にやつらにやられやしないか？」会話をつづけたのはベルデンだ。マラミュート・キッドはコーヒーポットを火にかけたり、ベーコンやヘラジカのステーキを焼きはじめていたからだ。

若者は意味ありげに二挺のリボルバーをポンとたたいた。

「ドーソンをでたのはいつなんだい？」

「十二時ですよ」

「もちろん、昨日の夜だよな？」

「いいえ、今日の昼の十二時ですよ」

一同におどろきのささやき声が広がった。というのも、いまはちょうど夜中の十二時で、ドーソンからの荒《あ》れた百二十キロの河道《かわみち》を十二時間ちょうどで突《つ》っ走るなど、なかなかできることではないからだ。

しかし、話題はすぐに、子ども時代の荒野《こうや》の道などといったありふれたものに移《うつ》った。素朴《そぼく》な料理を食べるこの若者《わかもの》の顔を、マラミュート・キッドはじっくりとながめていたが、けがれのない、正直で心の広い男だと見定めて、すぐさますっかり気に入った。

若々しくはあるのだが、顔に刻《きざ》まれたしわを見れば、数々の苦難《くなん》を乗《の》り越《こ》えてきたことはうかがえる。話し方はやさしく、物静かではあるが、青い瞳《ひとみ》に宿った鋼鉄《こうてつ》のようなきらめきを見れば、いざとなれば、難敵《なんてき》をものともしない強い意志《いし》がうかがえた。しっかりした、角ばったあごには不屈《ふくつ》の魂《たましい》が見てとれる。ライオンのような勇猛果敢《ゆうもうかかん》な精神《せいしん》を備《そな》えながら、ある種のおだやかさ、女性的《じょせいてき》な感情《かんじょう》のこまやかさもうかがい知ることができる。

「おれと女房《にょうぼう》が、結婚《けっこん》したときには、こんなことがあってな」ベルデンが自分がプロポーズしたときの、はらはらの物語を語りはじめた。「『あたしら、一緒《いっしょ》になるわ』、女房がそういうと、親父《おやじ》さんがいうんだ。『くそったれめ、しょうがないな』それから、おれにむかっていった。『なあ、ジムよ。さっさとそのめかしこんだ服を脱《ぬ》ぐこった。晩飯《ばんめし》の前に、四十エーカーばかり、しっかり耕《たがや》してもらいたいからな』親父さんは鼻をぐずぐずいわせながら、おれの女房になる娘《むすめ》にキスをしたよ。それを見て、そりゃあうれしかったさ。けど、親父さんはおれを見てどなるんだ。『ほら、ジム、とっとと行け』ってな。それでおれは納屋《なや》にすっとんでいったんだ」

「お子さんたちは、アメリカで待ってるんですか?」若者がたずねた。

「いいや、女房は子どもを産《う》む前に死んじまってな。おれがここにいるのは、それが理由なのさ」ベルデンはぼんやりとしたようすで、すでに火のついたパイプにもう一度火をつけようとしはじめた。それから、気を取り直して若者にたずねた。

「それで、おまえさんはどうなんだい?　かみさんはいるのかい?」

若者《わかもの》は返事の代わりに鎖《くさり》ではなく革紐《かわひも》につけた懐中《かいちゅう》時計をはずしてふたを開け、ベルデンに手わたした。ベルデンはランプを引き寄《よ》せると、ふたの裏《うら》をじっくり見つめ、さも感心したようになにかつぶやきながら、それをルイス・サボイに手わたした。サボイはなんども「ステキだ！」と声をあげてから、今度はプリンスにわたした。プリンスの手がかすかにふるえ、目には奇妙《きみょう》なほどのやさしさが宿ったことに一同は気づいた。

時計はごつごつした手から手へとわたされた。その時計のふたには、赤ん坊《ぼう》を胸《むね》に抱《だ》いた、男ならだれもがあこがれるような女性《じょせい》の写真が貼《は》りつけてあったのだ。そのような女性を一度もおがんだことのないものたちは、好奇心《こうきしん》をかきたてられ、一度でも見たことのあるものは、その思い出に浸《ひた》ってことばを失った。

一同は飢《う》えの苦しみや、壊血病《かいけつびょう》、洪水《こうずい》による思いがけない死には堂々と立ち向かうことができるのだが、若者の妻《つま》と赤ん坊のような写真を目にすると、自分たち自身が、女性や子どものような気持ちになってしまうのだった。

「この子にはまだ会ったことがないんです。男の子で、二歳《さい》になるんですがね」宝《たから》を取りもどした若者がいった。しばらく写真を見つめてから、パチンとふたをしめ、顔をそむけたが、ゆっくりした動作だったので、目に浮《う》かんだ涙《なみだ》をかくすことはできなかった。

マラミュート・キッドは若者をベッドに案内して寝《ね》かせた。

「四時ちょうどに起こしてください。必ずお願いします」それだけいうと、次の瞬《しゅん》間《かん》には、もうぐっすりと寝入っていた。

「いやいや、たいしたもんだ！」プリンスがいう。「犬ぞりで百二十キロ走ったあとに三時間だけ寝て、また荒野《こうや》にでていくとはね。なあ、キッド、いったい何者なんだい？」

「ジャック・ウェストンデールっていう男だよ。この三年ほどここいらにいて、馬のようにがむしゃらに働くって評判《ひょうばん》だ。だが、運には見放されて苦労つづきのようだ。おれははじめて会うんだが、シトカ・チャーリーからきいてたんだ」

「あんなにかわいらしい嫁《よめ》さんがいるのに、こんな地獄《じごく》の穴《あな》みたいなところで過《す》ごすのはさぞかしつらいだろうな。なにせ、ほかの場所と比《くら》べれば、一年が二年分ほどのきびしさだからなあ」

「やつの欠点は、肝《きも》がすわりすぎてるのと、強情《ごうじょう》なことなんだ。やつは二度金鉱《きんこう》を掘《ほ》り当てたんだが、二度とも手放すことになっちまったらしい」

会話は、ベトルズのどなり声にかき消されてしまった。若者《わかもの》がもたらした心穏《こころおだ》やかな雰囲気《ふんいき》の効果《こうか》はすでに薄《うす》れはじめていた。長年の単調な食事とつらい仕事のうさも、荒《あら》っぽい浮《う》かれ騒《さわ》ぎにかき消されていった。

マラミュート・キッドだけは気をしっかり持っていて、何度も時計に目をやっては時間を気にかけていた。ミトンとビーバー革《がわ》の帽子《ぼうし》をつけて小屋をでて、食糧貯《しょくりょうちょ》蔵庫《ぞうこ》でなにやらごそごそと探《さが》しものをしにいったこともあった。

約束の時間を待つのももどかしく、マラミュート・キッドは若者を四時十五分前に起こした。若者の体はひどくこわばっていたため、体中をごしごしとこすってやらないと、立つこともままならなかった。若者は体を引きずるように外にでると、犬たちに引き具をつけて出発の準備《じゅんび》を終えた。

一同は若者の幸運と、はやく追いつけることを祈《いの》った。ルーボー神父はそそくさと祝福《しゅくふく》を授《さず》けると、大あわてで小屋にかけもどった。それも無理はない。このおそろしい寒さのなかで、耳や手をむきだしのままさらすのはつらすぎるのだから。

マラミュート・キッドは本道まで見送った。そこで、心をこめて手を握《にぎ》り、アドバイスを授けた。

「そりにはイクラを四十五キロ積んでおいたからな。犬たちは、それで魚七十キロ分は走れるから。おまえさんはあてにしてたかもしれないが、ペリーじゃ犬の餌《えさ》は手にはいらないんだ」

若者はおどろいているが、マラミュート・キッドのことばをさえぎりはしない。

「ファイブ・フィンガーに着くまでは、犬用も人間用も食べ物はまったく手にはいらないぞ。つらい三百キロになるから、覚悟《かくご》しておくんだな。サーティマイル河《がわ》の氷の裂《さ》け目には気をつけるんだぞ。ルバルジェの上の道をいけば、大きく近道できるから、忘《わす》れるな」

「あんたは、どこまで知ってるんです？　まさか、噂《うわさ》の方がぼくより先に届《とど》くはずはないし」

「おれはなんにも知らないよ。それに知りたくもない。ただ、おまえさんが追いかけてる犬ぞりが、おまえさんのものじゃないのはわかってる。あれは、去年の春、シトカ・チャーリーが連中に売ったものだからな。だが、シトカ・チャーリーからは、おまえさんがまっとうな男だときいている。だからおれも、それを信じてるのさ。実際《じっさい》に会ってみて、おまえさんの面がまえも気に入ったしな。それに、あの写真《しゃしん》を……、いや、そんなことはいいんだ。奥《おく》さんと子どものために、海めがけて突《つ》っ走るんだ。それから……」マラミュート・キッドはミトンを脱《ぬ》ぐと、金のはいった袋《ふくろ》を取りだした。

「だめです。それはいただけません」頰《ほお》に涙《なみだ》を凍《こお》らせたまま、若者《わかもの》はあわててマラミュート・キッドの手をおさえた。

「それなら、犬には情《なさ》けをかけちゃだめだ。倒《たお》れたらすぐに引き綱《づな》を切るんだぞ。そして、ファイブ・フィンガーやリトル・サーモン、フータリンクアで補充《ほじゅう》するといい。一頭十ドルなら安いと思うんだ。あとは、足を濡《ぬ》らさないように気をつけろ」そして最後にもうひとことアドバイスを送った。「マイナス三十度を下がらなければ走りつづけるんだ。だが、それより下がったら、たき火をおこして、靴下《くつした》をかえるんだぞ」

新たな客の到着《とうちゃく》を知らせる鈴《すず》の音《ね》がきこえたのは、それからほんの十五分後のことだった。ドアが開くと、完全装備《そうび》をした北西準州《じゅんしゅう》の警官《けいかん》が、犬ぞりの御者《ぎょしゃ》をふたりしたがえて立っていた。ウェストンデール同様に武器《ぶき》の準備《じゅんび》も怠《おこた》りないが、ずいぶん疲《つか》れているようだ。

ふたりの犬ぞりの御者はネイティブ・アメリカンと白人の血が混《ま》じっているよう

で、荒野《こうや》で生まれ育ったせいか、やすやすと耐《た》えているようだが、若《わか》い警官《けいかん》の方は疲労困憊《ひろうこんぱい》のようすだ。それでも、粘《ねば》り強い性格《せいかく》のようで、一度はじめた追跡《ついせき》をとちゅうであきらめるつもりはないようだ。

「ウェストンデールはいつ発《た》ったんだ？」警官がたずねる。「ここで休んだんだろ？」犬ぞりのあとが明らかに語っているので、きかずもがなの質問《しつもん》だった。

マラミュート・キッドはベルデンに目くばせして、余計《よけい》なことをいわないよう釘《くぎ》を刺《さ》した。ベルデンはそれに気づいて、のらりくらりと答えた。「ええ、まあ、すこし前のことだったなあ」

「おいおい、はっきりいったらどうなんだ」警官が強い口調《くちょう》でせまる。

「ずいぶん、あわててなさるようだが、やつは、ドーソンでなにかやらかしたんですかい？」

「ハリー・マクファーランドの賭博場《とばくじょう》で四万ドル盗《ぬす》んだのさ。それを銀行で手形に変えて、シアトルでふりだそうってつもりなんだ。わたしたちが止めないで、だれが止めるというんだ。さあ、それで、いつ発ったって？」

そこにいただれもが、興奮《こうふん》が顔にでないよう感情《かんじょう》をおさえた。というのも、マラミュート・キッドが、暗黙《あんもく》のうちに目で制《せい》したからだ。

若い警官の目に映《うつ》るのは、無表情《むひょうじょう》な顔ばかりだ。警官はプリンスに歩み寄《よ》ってたずねた。裏切《うらぎ》りを期待されているようで傷《きず》つきはしたが、同国人である警官の率直《そっちょく》できまじめな顔を見つめながら、荒野の道の状況《じょうきょう》などを述《の》べ立てて話をはぐらかした。

次に警官は、ルーボー神父に目を留《と》めた。神父は嘘《うそ》をつけなかった。

「十五分ほど前ですよ」神父は答える。「その前に彼《かれ》と犬たちは四時間ほど休んでましたがね」

「十五分前に発って、しかも、休みまでとって元気なのか。なんてこった！」あわれにも警官はうしろによろめき、疲労とショックとで、いまにも気を失いそうだ。ドーソンからの十時間の旅や、犬たちが疲《つか》れ果てていることなどを、なにやらぶつぶつつぶやいている。

マラミュート・キッドは警官《けいかん》にカクテルのはいったカップをおしつけたが、警官は背《せ》をむけ、ドアにむかい、ふたりの御者《ぎょしゃ》についてこいと指示《しじ》した。しかし、暖《あたた》かい場所から動きたくないし、休みたいしで、ふたりは動こうとしない。キッドはふたりが話すフランス語なまりのことばには慣《な》れているので、不安な思いで成り行きを見守っていた。

ふたりは、犬たちが疲《つか》れ切っていて、シワシュとバベットは、何キロも行かないうちに射殺《しゃさつ》しなくてはならないだろうとか、ほかの犬たちもおなじぐらいひどい状《じょう》態《たい》だとかいい立てて、なにがなんでも休むべきだと主張《しゅちょう》している。

「犬を五頭、貸《か》してもらえないか?」警官はマラミュート・キッドに顔をむけていった。キッドは首を横にふる。

「五千ドルの小切手にサインしよう。ほら小切手帳ならここにある。わたしの権限《けんげん》で支払《しはら》えるんだ」

しかし、キッドは黙《だま》ったまま拒絶《きょぜつ》する。

「それなら、女王陛下《へいか》の名において、犬を徴発《ちょうはつ》することもできるんだぞ」

マラミュート・キッドは、やれるものならやってみろとばかりに不敵《ふてき》な笑顔《えがお》を浮《う》かべながら、たっぷり備蓄《びちく》された武器庫《ぶきこ》の方に目をやった。警官は自分が無力なのを知って、ドアにむかった。

しかし、御者たちはまだごねている。それに対して警官は、きびしくにらみつけると「女々《めめ》しい」だの、「けだものどもめ」だのといって、さんざんののしっている。年上の方の御者の浅黒い顔は怒《いか》りで赤らみ、反身《そりみ》になってはげしい口調《くちょう》で反撃《はんげき》しはじめた。あんたの足が折《お》れるぐらい速く犬ぞりを走らせてみせる、そして、そのときには、よろこんで、あんたを雪のなかに埋《う》めこんでやる、と。

若《わか》い警官は、精一杯《せいいっぱい》堂々とドアにむかって歩いた。しかし、どれほど取りつくろおうとしたところで、だれの目にもそれが空元気《からげんき》なのは明らかだったし、警官自身も顔に浮かぶ苦しそうな表情《ひょうじょう》をかくすことはできなかった。

犬たちは霜《しも》に覆《おお》われ、雪のなかで丸くなっていた。立ち上がらせるだけで一苦労だ。猛《たけ》り狂《くる》った御者《ぎょしゃ》たちがふるう容赦《ようしゃ》のない鞭《むち》に、哀《あわ》れな犬たちは情《なさ》けない声をあげる。動けなくなったリーダー犬のバベットの引き綱《づな》が切られると、ようやくそりは動きだした。

「あの、嘘《うそ》つきの悪党《あくとう》め！」「信じられません！　あの人、ヒドイよ！」「盗人野郎《ぬすっとやろう》め！」「善人《ぜんにん》づらして、とんでもないやつだ！」

小屋にいた一同は、だれもが怒《いか》りをあらわにした。第一には、まんまとだまされたことに。そして、第二には、正直であることがなによりも大切な宝物《たからもの》であるという、北の国の倫理《りんり》にそむいているという理由から。

「おれはな、やつがやったことを知ったうえで手を貸《か》したんだよ」全員の目がいっせいにマラミュート・キッドにむけられた。キッドはバベットの世話をしていた小屋のすみで立ち上がり、最後に残っていたカクテルを静かに飲み干《ほ》した。「今晩《こんばん》は、ずいぶん冷えこんでるじゃないか。きびしい寒さだ」いいわけにしては、的外れなことばだ。

「おまえさんがたは、だれもが荒野《こうや》を旅してきて、それがどんなものだか、よくわかってるだろ。倒《たお》れた犬を鞭打《むちう》つもんじゃない。片方《かたほう》のいい分だけを鵜呑《うの》みにしないことだな。おれもおまえさんたちも、これまでジャック・ウェストンデールほど真っ正直な男と、飲み食いして、おなじ小屋で寝《ね》たことはないんだよ。

今年の秋のことだ。ジャックは、鉱山《こうざん》の所有権《しょゆうけん》を買うためにジョー・カストレルっていう男に有り金全部、四万ドルを手わたした。いまごろ、やつは大金持ちになっていたはずなんだよ。ところが、ジャックがサークル・シティで壊血病《かいけつびょう》にかかった相棒《あいぼう》を看病《かんびょう》しているあいだ、カストレルはなにをしたと思う？　マクファーランドの賭博場《とばくじょう》にいって、その四万ドルをそっくりすっちまったのさ。翌朝《よくあさ》、カストレルは雪のなかで死んでいるのが見つかった。かわいそうに、この冬、かみさんとまだ見ぬ子どもに会いにいくはずだったジャックの計画は水の泡《あわ》さ。おまえさんたちも気づいただろ？　やつが盗《ぬす》んだのは、カストレルがすったのとぴったしおなじ四万ドルだ。やつはいま、必死で逃《に》げている。おまえさんたちは、どうしたいんだ？」

キッドがまわりを囲む一同の顔をぐるりと見まわすと、そこにすっかりやわらいだ表情《ひょうじょう》を見た。キッドはカップを高々と掲《かか》げた。

「今宵《こよい》、荒野《こうや》を行く旅人よ、健《すこ》やかなれ。食べ物にありつき、犬どもが倒《たお》れませんように。そして、マッチでちゃんと火をおこせますように」

「やつに神のご加護《かご》を。うまくやりおおせますように！　そして、警官《けいかん》よ、くたばっちまえ！」ベトルズがそう叫《さけ》ぶと、一同は空《から》のカップを打ちつけあった。

世界が若かったころ

When the World Was Young

1

壁《かべ》の上にすわって、なにか危《あぶ》ないことが待ちかまえていないかと、じめじめした暗がりにむかって耳を傾《かたむ》けているのは、とても冷静で慎重《しんちょう》な男だ。しかし、暗くて見えない木々の枝《えだ》を揺《ゆ》らす風のうなりと、その風がさがさいわせる木の葉の音以外には、なにひとつきこえない。濃《こ》い霧《きり》がただよい、風におどらされているのだが、男にはそれも見えない。ただ、顔に当たるしめった空気と、自分がすわっている壁のしめりけでわかるばかりだ。

壁の上には物音ひとつ立てずにのぼってきたのだが、内側におりるときにも、一切《いっさい》音を立てることはなかった。ポケットから懐中電灯《かいちゅうでんとう》付きの警棒《けいぼう》を取りだしたものの、点灯《てんとう》はしない。暗くても、明かりをつけて見とがめられるよりはましだ。警棒を握《にぎ》り、指をスイッチに置いたまま暗闇《くらやみ》を進む。足元は松葉などの落ち葉と、その腐植土《ふしょくど》で平らでやわらかく、長年、だれも踏《ふ》みこんでいないことがうかがえる。木の葉や枝が体にぶつかってくるが、これほど暗ければ、避《さ》けようがない。じきに、男は片手《かたて》を前につきだして、手さぐりするように進みはじめた。

一度ならず、手が大きな木の幹《みき》にぶつかった。木々はいたるところにある。どちらをむいても、巨大《きょだい》な木が覆《おお》いかぶさっているような気がする。大きな木が倒《たお》れこんできて押《お》しつぶされてしまうのではないかという、自分が小さな虫けらにでもなってしまったような奇妙《きみょう》な気分になる。でも、木々の先にはめざす家がある。踏みしだかれた小道にでも行き当たって、楽にその家までたどりつけないものだろうかと思った。

ふと気づくと、男は行き場を失っていた。どの方向に進んでも、木や枝に突《つ》き当たるか、分厚《ぶあつ》い藪《やぶ》にからめとられて、身動きがとれない。そこで、慎重《しんちょう》に懐中電灯を下にむけ、明かりをつけた。それから、ゆっくりと明かりをまわりにむける。

白い明かりがその先にある障害物《しょうがいぶつ》の形をくっきりと浮《う》かび上がらせる。太い木の幹《みき》のあいだに、一か所すきまがあり、その先に乾《かわ》いた踏《ふ》み分け道が見えた。頭上を分厚い木の葉の重なりが覆《おお》っているせいか、霧《きり》のしめりけからも守られている。方向はまちがっていなかった。このままいけば、家にたどり着ける。

できごとが起こったのはそのときだった。まったく思いがけないことで、予測《よそく》はできなかった。おろした足がなにかやわらかくて生きたものを踏んでしまったのだ。その生き物は、踏みつけられたまま、うめき声とともに目を覚ました。男はあわてて足を上げ、飛びのくとしゃがみこんだ。未知の生き物が襲《おそ》いかかってきたら、すぐさま、また飛びのこうと気を張《は》りつめる。

男は待った。踏みつけて起こしてしまったのはどんな生き物なのだろう？　いまは音も立てず、動きもしていないが、自分とおなじように気を張りつめてしゃがんだまま身構《みがま》えているんだろうか？　緊張《きんちょう》に耐《た》えられなくなってきた。懐中電灯《かいちゅうでんとう》を前につきだして、スイッチを押《お》す。

そこに見たものに、男は大声で恐怖《きょうふ》の悲鳴《ひめい》をあげた。覚悟《かくご》はしているつもりだった。おびえた子牛から、気の立ったクーガーまで、ありとあらゆる動物を想定していた。しかし、自分が目にしたものは、まったく考えてもいないものだった。

男の小さな懐中電灯が鋭《するど》く白く浮かび上がらせたあの姿《すがた》は、千年たっても決して忘《わす》れることはできないだろう。それは人間の男だった。金髪《きんぱつ》、いや黄色い髪《かみ》に黄色いひげを生やし、なめし革《がわ》のモカシンと、腰《こし》を覆うヤギ皮以外なにも身につけていない裸《はだか》の男だったのだ。手足も肩《かた》も胸《むね》もむきだしで、その肌《はだ》はなめらかで毛が生えていないが、太陽と風にさらされて褐色《かっしょく》に焼けていた。しかし、その肌の下の筋肉《きんにく》は、太ったヘビがからみあい、のたうつように太い。

もちろん、その姿だけでも十分に予測外だったのだが、男に悲鳴をあげさせたのには別の理由がある。それは、その怪物《かいぶつ》の顔に浮かんだ、とてもことばではあらわせないような凶暴《きょうぼう》さだった。懐中電灯の明かりにもまるでたじろぐことなく、ぎらぎらと輝《かがや》く青い瞳《ひとみ》、あちこちに松葉をからみつかせた髪《かみ》とひげ。そして、その荒々《あらあら》しい体を低くかがめて、いまにも飛びかかろうとしている。

それらを見て取ったのはほんの一瞬《いっしゅん》のことで、まだ自分の悲鳴《ひめい》が響《ひび》くなか、その怪物《かいぶつ》が飛びかかってきた。男は懐中電灯《かいちゅうでんとう》の光を怪物にあてると、自分は地面に伏《ふ》せた。怪物の足とすねがあばら骨《ぼね》を打つ。男は必死ではね起きると逃《に》げた。怪物は大きく前にはね飛んで、藪《やぶ》にはげしく落ちる音がした。

その音がやむと、男も立ち止まり、よつんばいになって待った。怪物が自分をさがして動きまわる気配がする。居所《いどころ》がわかってしまうのが怖《こわ》くて、それ以上動くこともできない。もし動けばがさがさ音を立てて、追いつめられてしまうだろう。

男は一度拳銃《けんじゅう》をひっぱりだしたが、また考えを変えてひっこめた。男は冷静さを取りもどしていて、なんとか、物音を立てずに逃げ切ろうと考えた。怪物は、男をさがして、何度か藪をがさがさやっている。じっと動かないで、耳を傾《かたむ》けているらしい瞬間《しゅんかん》もある。

そこで、思いついたことがある。男の片手《かたて》は朽《く》ち落ちた木の枝《えだ》にのっていた。男はまず、暗闇《くらやみ》のなかで注意深く手をふりまわして、あたりに障害物《しょうがいぶつ》がないことを確《かく》認《にん》した。それから、木の枝を拾い上げて思いっきり投げた。そんなに大きな枝ではなかったので、かなり遠くまで飛んで、大きな音を立てて藪に落ちた。

怪物が音のした方へはね飛んでいくのがわかったので、男は反対の方向へよつんばいになったままずんずん進んだ。そのまま、注意深くはいつづけると、やがて、しめった腐葉土《ふようど》の場所にでてひざが濡《ぬ》れた。耳をそばだてても、風のうめきと木の枝からぽたりぽたりと落ちる霧《きり》のしずくの音しかきこえてこない。決して気をゆるめることなく立ち上がり、石の壁《かべ》まで進むと、よじのぼって、反対側の道の上に飛びおりた。

男は藪をかきわけてかくしていた自転車をひっぱりだし、いまにもまたごうとした。足をかけやすい位置にペダルをまわしたところで、なにか重いものがどさっと落ちる音がきこえた。しかし、軽《かろ》やかに立ち上がったようだ。

男はすぐさま、ハンドルを握《にぎ》ったまま走りだした。勢《いきお》いがついたところで、サドルにまたがり、ペダルをこぎはじめる。うしろからは、道路をひたひたと追いかける足音がきこえる。しかし、やがて引きはなして、足音もきこえなくなった。

ところが、あわてていたせいで、街からはなれ、丘《おか》をのぼる方向にむかって走りはじめていた。どこまでもまっすぐに進む、交差点などない道だ。街にもどるには、あの恐《おそ》ろしい場所を通るしかないのだが、とてもじゃないが、そんな勇気はない。

三十分ほど進むと、道は急な登り坂になったので、男は自転車からおりた。すこしでも危険《きけん》をおかすのはいやだったので、自転車を道路わきに置いて、フェンスを乗り越《こ》え、牧草地と思われる場所へはいりこむと、新聞紙を広げてへたりこんだ。

「なんてこった！」男は顔の汗《あせ》と霧《きり》のしずくをぬぐいながら大声をあげた。

「なんてこった！」もう一度いうと、タバコを巻《ま》きながら、どうやって帰ろうかと考えた。

しかし、結局《けっきょく》、男は引き返さなかった。暗いなか、あの道にもどるのはやめにして、ひざに頭を埋《うず》めてすわったままどろみ、夜明けを待つことにした。

それから、どれくらいの時間がたったのかはわからなかったが、若《わか》いコヨーテがキャンキャン吠《ほ》え立てる声で目が覚めた。見まわすと、コヨーテは背後《はいご》の丘の上にいる。あたりのようすは昨日の夜とはすっかり変わっていた。霧は晴れている。星も月も消えている。風まですっかりおさまっている。カリフォルニアのさわやかな夜に変わってしまっていた。男はもう一度眠《ねむ》りにつこうとしたが、コヨーテの鳴く声がうるさくて眠れない。

うつらうつらしながら、荒々《あらあら》しい、不気味な歌声をきいた。顔を上げて見まわすと、鳴きやんだコヨーテが、丘の頂上《ちょうじょう》にむかって走っていく。そして、そのうしろを、うたうのをやめたあの怪物《かいぶつ》が猛然《もうぜん》と追いかけている。昨夜、でくわしたあの裸《はだか》の怪物だ。視界《しかい》から消えるころには、怪物は若いコヨーテにいまにも追いつくところだった。

男は恐《おそ》ろしさにふるえながら立ち上がり、フェンスを乗り越《こ》えると自転車にまたミルバレーとのあいだにいないのは確《たし》かなのだから。あの恐《おそ》ろしい怪物《かいぶつ》が、ここともあの家があるミルバレーとのあいだにいないのは確かなのだから。

ものすごいスピードで丘《おか》をかけおりた先にあったカーブで、道にあいた穴《あな》にはまり、男はハンドルを飛び越《こ》えて地面にたたきつけられてしまった。

「まったくなんて夜なんだ」男はこわれた自転車のフロントフォークを調べながらつぶやいた。

役に立たなくなった自転車を肩《かた》にかついで男は歩きつづけた。あの石の壁《かべ》のところに着いたころには、自分の経験《けいけん》したことが、ほんとうにあったこととは思えなくなっていたのだが、そこにははっきりと跡《あと》が残っていた。大きなモカシンの足跡だ。道に深く刻《きざ》まれている。

足跡の上にかがみこんでじっくり見ていると、またしても、あの不気味な歌声がきこえてきた。あの怪物がコヨーテに追いつくところを見たばかりの男は、走ってふり切ることなどできないと観念した。道ばたの物陰《ものかげ》にかくれていることぐらいしかできることはない。

こうして男は、ふたたびあの裸《はだか》の怪物を見ることになった。怪物は足取りも軽く、うたいながらすごい速さで走ってきた。男の近くで立ち止まったので、心臓《しんぞう》が止まりそうだ。

しかし、男がかくれている方にはやってこないで、空中に飛び上がったかと思うと、道ばたの木の枝《えだ》につかまり、すばやく体を引き上げ、まるで猿《さる》のように枝から枝へと飛びつく。そして、三メートルも高いところで壁を飛び越えると、地面にむかって飛びおりて見えなくなってしまった。男はあっけにとられたまましばらく待って、ようやく動きはじめた。

2

デーブ・スロッターは、いどみかかるようにデスクに覆《おお》いかぶさった。ウォード

＝ノウルズ社の社長、ジェイムズ・ウォードの社長室の扉《とびら》をふさぐように置かれたデスクだ。デーブは腹《はら》を立てていた。社長室手前の応接《おうせつ》スペースにいるだれもが、うさんくさそうに見ている。とりわけ、このデスクのむこうにすわっている秘書《ひしょ》の男は。

「だから、ウォードさんに大事なことだって伝えてくれりゃ、いいんだよ」デーブはいった。

「ですから、社長はただいま取りこんでおります」秘書はいった。「明日、もう一度いらっしゃってください」

「明日じゃ遅《おそ》いんだよ。あんたが、ちょっと顔をだして、命にかかわる問題です、っていってくれりゃいいんだって」

秘書が迷《まよ》っているのを見て、デーブはここぞとたたみかける。

「昨日の夜、おれが湾《わん》のむこうのミルバレーに行ったってだけ、伝えてくれりゃいいんだ。社長さんにだいじなお知らせがあるんだよ」

「お名前は？」秘書がたずねる。

「名前なんかどうでもいい。どっちみち、社長さんはおれのことは知らないよ」

社長室に通されたデーブは、まだ、はらわたが煮《に》えくりかえるような気分だった。

ところが、速記者にむかって指示《しじ》を書きとらせていた大柄《おおがら》でブロンドの髪《かみ》のウォードが、椅子《いす》を回転させてこちらをむいたとき、デーブの気分はいきなり変わった。

その理由は自分でもわからなかったし、そんな自分がひそかに腹立たしかった。

「あんたが、ウォードさんですか？」そんな間の抜《ぬ》けた質問《しつもん》をした自分に、また腹が立つ。自分でもそんなことをきくつもりはなかったのに。

「そうですよ。それでそちらさんは？」

「ハリー・バンクロフトです」デーブは嘘《うそ》をついた。「はじめてお目にかかりますし、名前なんてどうでもいいんです」

「昨日の夜、ミルバレーにいらっしゃったとか？」

「あんたは、あそこに住んでいらっしゃるんですよね？」デーブはちらっと速記者を見ながらいった。

「ええ。それで、どんなご用件《ようけん》で？　わたしはいそがしい身なんですがね」

「ふたりっきりになれませんかね？」

ウォードはすばやくさぐるようにデーブを見たが、しばらくためらってから心を決めた。

「しばらく席をはずしてくれませんか、ミス・ポター」

速記者はメモをまとめると立ち上がって、部屋をでていった。デーブはジェイムズ・ウォードの顔を不思議そうにながめていたが、とりとめのない考えをウォードが破《やぶ》った。

「それで？」

「おれは昨日の夜、ミルバレーに行ったんです」デーブはとまどいながらはじめた。

「それは、もうききましたよ。いったいなにがいいたいんです？」

そこでデーブは、信じられないような考えが、自分のなかでどんどんふくらむなか、話を進めた。「おれは、あんたの家にいたんです。というか、家の敷地《しきち》に、なんですがね」

「そこで、なにを？」

「押《お》し入るつもりだったんです」デーブは悪びれずにいった。「あんたは、中国人の料理人とふたりっきりで暮《く》らしてるってきいてたんで、そいつは都合がいいって思ったんです。けど、家にははいっちゃいません。邪魔者《じゃまもの》がはいったもんでね。おれがここにきたのは、それをお伝えするためなんです。あんたに警告《けいこく》しにきたんだ。あんたんちの敷地には、野蛮人《やばんじん》がいるんです。悪魔《あくま》みたいなやつだった。おれはやつに、八つ裂《ざ》きにされかかったんだ。必死で逃《に》げましたよ。ほとんど裸同然《はだかどうぜん》だし、猿《さる》みたいに木をかけのぼったかと思えば、鹿《しか》みたいに速く走るんだ。やつがコヨーテを追いかけるのを見たんですよ。最後に見たときには、あんちくしょう、コヨーテをつかまえるところだった」

デーブは自分のことばがどんな反応《はんのう》を呼《よ》ぶかと、しばらくことばを切って待った。

しかし、なんの反応もない。ジェイムズ・ウォードは興味《きょうみ》はそそられているようだが、落ち着きはらっている。

「たいへんおもしろい話だ。実におもしろい」ウォードはつぶやく。「野蛮人《やばんじん》か。どうしてあなたは、わざわざそれを伝えに？」

「危《あぶ》ないから、警告《けいこく》しにきたんですよ。おれは確《たし》かにろくな人間じゃないが、むやみに人を殺すなんてとんでもない話だ。あんたが危ないと思ったから、それを伝えにきただけですよ。ほんとに、それだけです。ただ、もしおれがでくわした災難《さいなん》に対して、いくらかくれるっていうんならいただきますよ。それは考えなかったわけじゃない。けど、あんたがくれようがくれまいが、気にはしません。とにかく、警告はしたんだから、これで肩《かた》の荷がおりたってわけだ」

ウォードはしばらく深く考えこんでいたが、両手でバンとデスクをたたいた。その手が、大きく、力強いことにデーブは気づいた。その上、こんがりと日焼けした肌《はだ》には不釣《ふつ》り合いなほど、丁寧《ていねい》に手入れされている。さらに、実はさっきから気づいてはいたのだが、ウォードの額《ひたい》、片方《かたほう》の目の上には、肌色《はだいろ》の小さな絆創膏《ばんそうこう》が貼《は》ってある。それでも、ひしひしとわき上がってくるある考えを、デーブ自身、まだ信じることができないでいる。

ウォードは内ポケットから財布《さいふ》を取りだすと、紙幣《しへい》を一枚《まい》ひっぱりだし、デーブに手わたした。自分のポケットにしまうとき、デーブは二十ドル紙幣なのを確かめた。

「ありがとう」これで会見は終わりだというようにウォードがいった。「ちゃんと調べさせることにしますよ。野蛮人が野放しなのは危険《きけん》ですからね」

ウォードのようすが、あまりにも穏《おだ》やかなので、デーブはまた勇気づけられた。それに、新しい理論も浮《う》かび上がっていた。あの野蛮人は、きっとウォードの兄弟なのだろう。秘《ひそ》かに監禁《かんきん》している狂人《きょうじん》なのだろう。似《に》たような話をきいたことがある。ウォードは秘密《ひみつ》にしておきたいにちがいない。だから、二十ドルもの大金をくれたのだ。

「そういえば」デーブが話をむし返す。「あの野蛮人は、なんだか、あんたにものすごく似《に》ていたような気がするんだが……」

デーブはそこまでしかいえなかった。デーブの目の前の男の目が、昨夜見た、ことばではいいあらわせないほど恐《おそ》ろしい、あの青い瞳《ひとみ》へとたちどころに入れ替《か》わり、それと同時に、世にも恐ろしいあの巨大《きょだい》な体が、ワシの爪《つめ》のような手を身構《みがま》えて襲《おそ》いかかってきたからだ。

しかし、いまは投げつける木の枝《えだ》などはなく、両腕《りょううで》をものすごい力でしめつけられて、あまりの痛《いた》さに、うめき声をあげていた。いまにもかみつこうとしている犬のような、むきだしの大きな白い牙《きば》も見えた。その牙で喉《のど》にかみつこうとまさぐるとき、ウォードのあごひげが顔にあたった。

だが、かみつかれることはなかった。その代わりに、ウォードの体が、鉄の拘束《こうそく》具《ぐ》のように硬《かた》くなったのを感じ、脇《わき》へと放り投げられた。軽々と壁《かべ》にまで飛ばされ、ドサリと床《ゆか》に落ち、息ができずにあえぐ。

「のこのことやってきて、脅迫《きょうはく》しようとは、どういうつもりだ?」ウォードはうなるようにそういった。「ほら、金を返すんだ」

デーブはなにもいわずに二十ドル札を返した。

「てっきり、善意《ぜんい》でここにやってきたんだと思ったんだがな。だが、わかったよ。きさまの顔は二度と見たくない。もし、またあらわれたら、刑務所《けいむしょ》にぶちこんでやる。わかったか？」

「わかりました」

「なら、とっとと帰れ」

デーブは、なにもいわずにすごすごと立ち去った。さきほどつかまれた両腕にはあざができ、がまんできないぐらい痛む。ドアノブを握《にぎ》ったところで、立ち止まった。

「きさまは運がいいんだぞ」ウォードがそういったからだ。その顔と目には、冷酷《れいこく》さと、誇《ほこ》らしげな満足感もうかがえた。

「きさまは運がよかったんだ。ほんとうは、きさまの腕を胴体《どうたい》から引っこ抜《ぬ》いて、ゴミ箱に放り投げたいところだったんだからな」

「よくわかりました」そう答えたデーブの声は、心の底からの恐怖《きょうふ》にふるえていた。デーブはドアを開けて部屋をでた。秘書《ひしょ》がもの問いたげな顔で見た。

「なんてこった！」デーブにいえるのはそれだけだった。そのことばとともに、デーブはこの事務所からも、この物語からも姿《すがた》を消す。

3

ジェイムズ・J《ジェー》・ウォードは、大成功を収《おさ》めた四十歳《さい》のビジネスマンで、とても不幸だった。四十年のあいだずっと、自分自身にかかわる問題に立ち向かっているのだが、解決《かいけつ》することができず、それどころか、年がたてばたつほど、その痛《いた》ましい苦しみははげしくなっていた。

ウォードのなかにはふたりの人間がいるのだ。そして、そのふたりは、数千年の時をへだてた世界に住んでいた。ウォードは、二重人格《じんかく》について、複雑《ふくざつ》で神秘的《しんぴてき》な心理学の世界的権威《けんい》たちにも劣《おと》らぬほど、深く研究していた。しかし、自分のような事例は、いまだかつて一件《けん》の記録もない。

もっとも奇想《きそう》に満ちた小説家でさえ、このようなケースには思いいたっていない。ジキル博士とハイド氏でもなければ、キプリングの「世界でいちばんの物語」のあの若者《わかもの》チャーリーでもない。ウォードのなかのふたりの人格は分かちがたく交じりあっていて、いついかなるときにも、お互《たが》いに意識《いしき》しあっているのだから。

数千年前の原始的な環境《かんきょう》にいるもうひとりの自分が、野蛮《やばん》で野生的なのはわかっているのだが、いったい、どちらの自分が本物なのかはわからなかった。というのも、自分のなかには、どちらもが常《つね》に同居《どうきょ》しているからだ。片方《かたほう》の自分が、もう片方の自分がやっていることを知らないでいることは、めったにない。

もうひとつ不思議なのは、もうひとりが生きていた過去《かこ》の世界を見た記憶《きおく》も思い出もひとつもないことだ。原始の自分は現在《げんざい》に生きている。しかし、現在に生きていながら、遠い過去であればそのように生きていただろう、という生き方を、おさえがたく求めてしまうのだ。

両親と家庭医にとって、幼《おさな》いころのウォードはやっかいの種だった。とはいえ、息子《むすこ》の突飛《とっぴ》な行動の原因がどこにあるのか、まったく見当もつかなかった。そのため、午前中、ずっとむさぼるように眠《ねむ》ったり、夜になると異常《いじょう》に活動的になる息子を理解《りかい》することはできなかった。夜中に廊下《ろうか》をうろついていたり、目もくらむような屋根に登ったり、丘《おか》をかけまわったりといった行動を、夢遊病《むゆうびょう》のせいだろうと結《けつ》論《ろん》づけた。実際《じっさい》には、眠っているどころか、目をカッと見開いて、夜にうろつきまわりたいという強い衝動《しょうどう》にしたがっているだけだったのだが。

ぼんくらな医者に質問《しつもん》されて、一度、真実を告げたことがあったのだが、そんなものはただの夢《ゆめ》だと、あからさまにバカにされたようすで決めつけられて、くやしい思いをするだけで終わってしまった。

とにかく、日が暮《く》れて、夜がふけるほどに、ウォードの目は、はっきりと覚めてくる。四方を壁《かべ》に囲まれた部屋は、閉《と》じこめられているようで不快でしょうがない。

暗闇《くらやみ》からささやきかける何千もの声がきこえてくる。ウォードが夜の徘徊者《はいかいしゃ》だからこそ、夜になると夜の呼《よ》び声がささやきかけてくるのだ。だれにも理解されないことだし、あれ以降《いこう》、だれかに説明しようとしたこともなかった。

両親や医者はウォードを夢遊病者と分類し、それに見合った用心をすることにしたのだが、そんな用心など、まったく役に立たなかった。

成長するにつれて、ウォードはずる賢《がしこ》くなっていき、夜のほとんどを原始の自分として、外で過《す》ごすようになった。そのせいで、午前中はずっと寝《ね》ていることになる。午前中には授業《じゅぎょう》にでることも、勉強自体も無理なので、午後だけ、家庭教師によって、なにもかもを教えられるようになった。こうして、現代人《げんだいじん》の方のウォードは教育され、成長していった。

それでも、子どもだからこその問題はまだある。ウォードは小さな悪魔《あくま》として知られるようになった。ものすごく残酷《ざんこく》で、暴力的《ぼうりょくてき》な悪魔だ。

家庭医はウォードのことを密《ひそ》かに精神的《せいしんてき》な怪物《かいぶつ》、異常者《いじょうしゃ》だとみなしていた。ごくわずかにいた友だちは、天才だとたたえていたが、実のところはおそれていた。木登りでも、水泳でも、かけっこでも、腕力《わんりょく》でも、ずば抜《ぬ》けて秀《ひい》でていたので、けんかをふっかけるものなどいなかった。恐《おそ》ろしいほど強く、怒《おこ》ったときには狂《くる》ったようになった。

九歳《さい》のとき、ウォードは丘《おか》に逃《に》げこみ、思う存分《ぞんぶん》夜の徘徊《はいかい》を楽しんだ。見つかって家につれもどされたのは七週間後のことだった。そのあいだ、病気ひとつせずどうやって生き抜いたのか、だれもが不思議がった。だれにもわからなかったし、ウォード自身も決して語ることはなかったが、ウサギを殺し、ウズラの成鳥もヒナも、農場のニワトリもつかまえては食べていた。ねぐらにしていた洞窟《どうくつ》には、乾《かわ》いた木の葉と草を敷《し》きつめ、午前の眠《ねむ》りを暖《あたた》かく快適《かいてき》に過《す》ごしていた。

大学時代は、午前の授業中《じゅぎょうちゅう》はいつも眠たげで、おかしなことばかりしているのに、午後になるとがぜん優秀《ゆうしゅう》さを発揮《はっき》することで有名だった。追加のリポートとクラスメートから借りたノートのおかげで、悲惨《ひさん》な午前のコースをなんとか乗り切り、午後のコースで大勝利を収《おさ》めた。

アメリカンフットボールでは、恐るべき巨人《きょじん》ぶりを見せつけた。ほとんどあらゆる陸上競技《りくじょうきょうぎ》種目で、ときどき、異常《いじょう》としかいいようのない怒《いか》りにまかせたプレーを行ったが、勝利を導《みちび》くものとして頼《たよ》りにされた。しかし、頼りにされてはいても、恐ろしくてウォードとボクシングをしようとするものなどいなかったし、レスリングでは、相手の肩《かた》に深くかみついたのが最後の試合になった。

大学卒業後、見限《みかぎ》った父親は、ウォードをカウボーイとしてワイオミングの農場に送りこんだ。三か月後、荒《あら》っぽいことで知られるカウボーイたちが、ウォードは手に余《あま》ると父親に電報《でんぽう》を打って、この野蛮《やばん》な男を引き取ってくれと泣きついた。

つれもどしにやってきた父親が着くと、カウボーイたちは、髪《かみ》の毛を真んなか分けにした大学出のこの若者《わかもの》よりは、遠吠《とおぼ》えをあげる肉食獣《にくしょくじゅう》や、わけのわからないことをわめき散らす狂人《きょうじん》、はねまわるゴリラや灰色《はいいろ》グマ、人食い虎《とら》のほうがずっとましだといいつのった。

原始の自分の記憶《きおく》がないことには、ひとつだけ例外があった。それは言語だ。なんらかの気まぐれな先祖《せんぞ》帰りのせいなのか、種族の記憶として、原始のことばが、ウォードの口をついてでることがあったのだ。うれしいとき、気分が高まったとき、争っているときなどに、野生味に満ちた歌を思わずうたってしまう。その歌をきっかけに、数千年前に死んで塵《ちり》となったはずの、ウォードの半分を占《し》める男の生きていた時代が特定されることになった。

ウォードは一度、ワーツ教授《きょうじゅ》の面前で、これみよがしに原始の歌をうたってみせたことがあった。教授は古代サクソン語の講義《こうぎ》を受け持つ、著名《ちょめい》で情熱的《じょうねつてき》な言語学者だった。一曲目の歌をきいたとき、教授はきき耳を立て、いったいどこのなまりなのか、はたまた、でたらめドイツ語なのかと知りたがった。

ところが、二曲目になると、とたんに興奮《こうふん》しはじめた。ジェイムズ・ウォードは次に、はげしい闘争《とうそう》やけんかの場面になると、いつも、いてもたってもいられずに口ずさむ歌をうたった。すると、ワーツ教授は、それはでたらめドイツ語などではなく、初期のドイツ語、もしくは初期のチュートン語だと宣言《せんげん》した。しかも、これまでに学者たちの手から手へと受け継《つ》がれたり、新たに発見されたどのことばよりもはるかに古いものだろうと推定《すいてい》した。

あまりに古すぎて手には余《あま》るものの、教授が知る言語の体系にあてはまる名残を感じ取ることができ、鍛《きた》え上げられてきた学問上の直感で、まじりけのない本物であると断《だん》じた。

教授はそれらの歌の出典を知りたがり、その歌が掲載《けいさい》された貴重《きちょう》な本をなんとしても貸《か》してもらえないかとたのんだ。さらに、ドイツ語の授業では、ウォードがいつも、まったくのぼんくらのように見せている理由も知りたがった。

ウォードにはぼんくらの理由を説明できなければ、本を貸すこともできなかった。そのため、何週間も懇願《こんがん》しつづけた末に、ワーツ教授はウォードを大嫌《だいきら》いになり、大嘘《おおうそ》つきの化け物じみた自己《じこ》中心的な人間だと決めつけた。これまでどんな言語学者も知らず、夢《ゆめ》に見たこともない、古い古い言語のすばらしさをちらりとのぞかせてくれようともしないのだから。

しかし、自分の半分は現代《げんだい》アメリカ人で、もう半分は古代チュートン人だとわかったといっても、そこから得るものはほとんどなにもなかった。

それでも、現代アメリカ人のほうのウォードも虚弱者《きょじゃくしゃ》などではない。そして、どちらの自分でもない、残りかすのようなふたりの外側《そとがわ》の人間としてのウォードは、午前中はいつも寝《ね》ぼけていて夜中にうろつきまわる野蛮人《やばんじん》と、学もあり洗練《せんれん》された人間として、ほかの人とおなじようにふつうに生活し、恋《こい》もし、仕事にも励《はげ》みたいという人間のあいだで、必死で調整や妥協《だきょう》をしようとしつづけていた。

ウォードは、午後と夜ふけ前の時間をひとりの人間に、そして、夜はもうひとりの人間に与《あた》えた。午前中と夜の一部は、両者の眠《ねむ》りの時間だ。しかし、朝のあいだは文明人としてベッドで眠り、夜に眠るときは、デーブ・スロッターがでくわしたときのように、森のなかで野獣《やじゅう》のように眠る。

父親に元手となる資金《しきん》を貸《か》してくれと拝《おが》み倒《たお》して、ウォードはビジネスの世界に足を踏《ふ》みいれた。ウォードは午後の時間に全身全霊《ぜんれい》をそそぎ、共同経営者は午前中に力をそそぐことで、事業は大成功を収《おさ》める。

夜の浅いうちは社交的に過《す》ごすが、九時、十時と時計の針《はり》が進むと、いてもたってもいられなくなり、翌日《よくじつ》の午後まで、人前から姿《すがた》をくらますのだった。

友人や知り合いたちは、きっと、スポーツに没頭《ぼっとう》しているのだろうと思っていた。確《たし》かにその通りではあるのだが、どんなスポーツなのかは夢《ゆめ》にも見ることができなかっただろう。たとえ、ミルバレーの丘《おか》を夜中コヨーテを追いかけまわしているところを見たとしても、それがウォードだとは思いもしないだろう。潮流《ちょうりゅう》がぶつかりあってさかまくラクーン海峡《かいきょう》や、沖《おき》から何キロもはなれたゴート島とエンジェル島のあいだの急流を泳いでいる男を見たと報告《ほうこく》するヨットの船長は何人もいたが、その男をウォードだと信じるものなどいなかった。

ウォードはミルバレーのバンガローで、リー・シンという中国人の料理人兼雑用《けんざつよう》係《がかり》の男とふたりで暮《く》らしていた。リー・シンは主人の奇行《きこう》を十分に知っていたが、口止め料を兼《か》ねた高い給料をもらっていたので、だれにもなにひとつもらさなかった。夜のあいだたっぷり楽しみ、午前中眠《ねむ》り、リー・シンの作った朝食を食べたあと、ウォードは正午発のフェリーで湾《わん》をわたってサンフランシスコにむかい、クラブや会社に顔をだす。その姿《すがた》は、街で見かけるありきたりのビジネスマンとなんら変わるところがない。

しかし、夜がふけてくると、ウォードは夜に呼《よ》び寄《よ》せられる。そして、あらゆる感覚がにわかに活気づいて、落ち着きをなくしてしまう。聴覚《ちょうかく》はとつぜん鋭《するど》くなって、無数の夜の音が、魅力的《みりょくてき》でなじみ深い物語を伝える。ひとりでいるときならば、せまい檻《おり》に閉《と》じこめられた野生動物のように、部屋のなかでそわそわと歩きはじめるのだった。

そんなウォードも、一度は思い切って恋《こい》に落ちたことがあった。その経験《けいけん》をふまえて、二度と恋などしないと誓《ちか》っている。ウォードはおそれていた。恋をした相手の女性《じょせい》を、何日ものあいだずっとおびえさせる結果になってしまったからだ。精一《せいいっ》杯愛情《ばいあいじょう》をこめて接《せっ》したつもりだったのだが、その女性の腕《うで》や肩《かた》、手首に青黒いあざをつけてしまったのだ。

夜遅《よるおそ》くだったのがまちがいだった。それが午後のことであったなら、うまくいっていたのかもしれない。ウォードも物静かな紳士《しんし》として恋することができたはずだ。だが、夜遅くとなると話は別だ。暗いドイツの森の、人妻《ひとづま》を略奪《りゃくだつ》する野蛮人《やばんじん》の顔がでてしまう。

こうして、午後のあいだの恋ならばうまくいくという知恵《ちえ》を手にいれたのだが、おなじ知恵で、結婚《けっこん》などとんでもないことだと判断《はんだん》した。結婚して、夜遅く妻と顔を合わせると想像《そうぞう》しただけでぞっとした。

そこでウォードは恋愛沙汰《れんあいざた》を一切《いっさい》避《さ》けて、二重生活を厳重《げんじゅう》に制限《せいげん》し、ビジネスで百万長者となった。婿探《むこさが》しに必死な母親たちも、目を輝《かがや》かせるあらゆる年齢層《ねんれいそう》の熱心な女性たちも避《さ》け、リリアン・ガースデールと出会ってからも、夜の八時以降《いこう》には会わないという決まりを厳格《げんかく》に守り通した。そして、夜になるとコヨーテを追いまわし、森のねぐらで寝《ね》た。

おかげで、ウォードの秘密《ひみつ》を知るのは、リー・シンただひとりだった。いまや、もうひとり、デーブ・スロッターも知ってしまったわけだが。デーブにふたつの人格《じんかく》を知られてしまったことには恐怖《きょうふ》を感じている。あのけちなこそ泥《どろ》をさんざん脅《おど》しつけてやったものの、だれかに話してしまうかもしれない。もし、話さないにしても、いずれはだれか別の人間に気づかれてしまうかもしれない。

デーブの事件《じけん》をきっかけに、ジェイムズ・ウォードはあらためて、自分のなかの野蛮人《やばんじん》を封《ふう》じこめるために涙《なみだ》ぐましい努力をはじめた。

リリアンと会うのは夜になる前の時間だけという決まりごとを確実《かくじつ》に守っていたこともあって、リリアンがウォードのプロポーズを受けいれる日がやってきた。それが良い結果になるのか、それとも悪い結果が待つのかはわからないが、もちろんウォードとしては、ひたすら悪い結果にならないことを祈《いの》るしかなかった。

この期間、自分のなかの野蛮人をおさえるために行った努力は、大きな試合を前に訓練に励《はげ》むどんなボクサーよりも、きびしく真剣《しんけん》なものだった。とりわけ、昼のあいだに、徹底的《てっていてき》に自分を疲《つか》れ果てるようにしむけた。そうすることによって、夜の呼《よ》び声にも気づかずにぐっすり眠《ねむ》れる。

長い休暇《きゅうか》を取って、ハンティング旅行にでかけ、これ以上はないという過酷《かこく》で荒《あ》れ果てた場所を見つけて鹿《しか》を追いつづけた。昼間のあいだずっと。おかげで、夜は疲れ果てて屋内で眠った。自宅には二十種類にもなろうかというトレーニングマシンを導入《どうにゅう》して、ふつうの人なら数十回行う運動を、ウォードはその十倍も行った。

さらに、妥協策《だきょうさく》として、自宅《じたく》の二階に睡眠用《すいみんよう》のベランダを作りつけた。そこでなら、夜気を思いっきり吸《す》いこむことができる。金網《かなあみ》を二重に張《は》りめぐらしてあるので、森へ逃《に》げだすことはできない。毎晩《まいばん》、リー・シンにこのベランダに閉《と》じこめてもらい、朝になったらロックを解《と》いてもらった。

ついにそのときはやってきた。八月になると、リー・シンの助手として新しい使用人を数名雇《やと》いいれ、ミルバレーの自宅でホームパーティーを開くことになった。

リリアンとその母親と兄弟、共通の友人五、六名を招待《しょうたい》した。二日間はなにもかもがうまくいった。

そして、三日目の夜、夜の十一時までブリッジにいそしんだ。ウォードは自分自身を誇《ほこ》らしく思っていた。落ち着きのなさは完全にかくせている。ただ、運悪く、リリアン・ガースデールが敵方《てきがた》として自分の右横にすわっていた。リリアンは、はかない花のような女性なのだが、そのはかなさが、夜の気分のウォードには気に障《さわ》ってしかたがない。決してリリアンへの愛が薄《うす》れたわけではないのだが、手をのばして打ちのめしたいという衝動《しょうどう》がおさえがたくなってくる。とりわけ、リリアンが敵方として勝利をおさめたときなどには。

ウォードは鹿狩《しかが》り用の猟犬《りょうけん》を一頭部屋につれてこさせ、衝動に身が裂《さ》けそうになったときに、犬をなでることで一息つくことができた。毛むくじゃらの毛皮に触《ふ》れることで、一時的に安心感を得て、なんとか夜の間中ゲームに興《きょう》じることが可能《かのう》になった。にこやかに笑いながら、楽しげにゲームに打ちこむウォードが、内面では必死に闘《たたか》っているなど、その場のだれにも想像《そうぞう》できなかった。

夜もふけて、それぞれが部屋にもどるときには、みなの前でリリアンと別れるようにに気をつけた。いったん、睡眠用《すいみんよう》のベランダにはいって、リー・シンにロックさせると、いつもの二倍も三倍も、いや四倍ほどにもトレーニングに打ちこみ、くたくたになってからソファーに身を横たえ、特に悩《なや》まされているふたつの問題について考えにふけった。

ひとつはトレーニングについてだ。トレーニングには矛盾《むじゅん》がつきまとう。はげしく打ちこめば打ちこむほど、ウォードの体はどんどん強くなっていく。確《たし》かにトレーニングにはげむことによって自分のなかの夜の野蛮人《やばんじん》を疲《つか》れさせることはできるのだが、いつか、自分でもおさえきれないほど強くなる運命の日を、ただ単に先延《さきの》ばしにしているような気がするのだった。そして、その日には、かつてなかったほど強くて恐《おそ》ろしい姿《すがた》の自分になっているはずだ。

もうひとつの問題は、結婚《けっこん》生活についてだった。夜暗くなってから妻《つま》を避《さ》けるにはどうしたらいいだろうと、あれやこれや考えているうちに、ウォードはようやく眠《ねむ》りについた。

その夜、姿《すがた》をあらわした巨大《きょだい》な灰色《はいいろ》グマがどこからやってきたのかは、長いあいだ謎《なぞ》だった。しかし、ソーサリートで興行《こうぎょう》していたスプリングズ・ブラザーズ・サーカスが、長いあいだ「史上最大の灰色グマ、ビッグベン」を捜《さが》していたのに見つけられないでいたのは事実だ。サーカスをにげだしたビッグベンは、田舎《いなか》の別荘地《べっそうち》の何百とある家のなかから、たまたまジェイムズ・ウォードの地所を選んで訪《おとず》れたのだった。

ふと気づくと、ウォードは興奮《こうふん》に身をふるわせながら立ち上がって、胸《むね》を闘争心《とうそうしん》でたぎらせ、唇《くちびる》には古代の戦いの歌を口ずさんでいた。外からは荒々《あらあら》しくうなったり吠《ほ》えたりする犬の声がきこえる。そして、その騒《さわ》がしい混乱《こんらん》を突《つ》き刺《さ》すように、襲《おそ》われて苦しむ鋭《するど》い声がきこえた。それが自分の犬の声であることがウォードにはわかった。

スリッパもはかず、パジャマ姿のまま、リー・シンがまちがいなくロックしたドアをやすやすと打ち破《やぶ》り階段《かいだん》をかけ下りると、夜のなかへ飛びだしていった。裸足《はだし》で砂利道《じゃりみち》を進んでいたウォードは、はたと立ち止まり、階段下のかくし場所から巨大な棍棒《こんぼう》を取りだした。何度となく丘《おか》をかけまわったときの古い相棒《あいぼう》だ。けたたましく吠え騒ぐ犬たちが近づいてくる。ウォードは棍棒をひとふりすると、クマと対決するために藪《やぶ》のなかに飛びこんでいった。

目を覚ました客人たちは、広いベランダに集まった。だれかが明かりをつけたが、見えるのは、おびえきったお互《たが》いの顔だけだ。明るく照らされた玄関《げんかん》前の道の先には、見通しのきかない暗い森の壁《かべ》があるばかりだ。

しかし、その暗闇《くらやみ》のどこかで、恐《おそ》ろしい闘《たたか》いがくり広げられている。この世のものとは思えない動物たちの叫《さけ》び声があがり、大きなうなり声もする。はげしくたたきあう音や、重いものが地面にたたきつけられるような音もきこえる。

そのはげしく闘う音は、木々のあいだから、一同の真下の道路へと移《うつ》ってきた。

そこでリリアンの母親が悲鳴《ひめい》をあげて気を失い、息子《むすこ》に倒《たお》れかかった。

リリアンは麻痺《まひ》したように必死で手すりを握《にぎ》りしめた。そのせいで指先にあざが残って、その後、数日痛《いた》んだほどだ。それも無理はない。恐怖《きょうふ》にひきつったリリアンが見つめていたのは、黄色い髪《かみ》をふり乱《みだ》し、野獣《やじゅう》のような目をした将来《しょうらい》の夫となるはずの男だったのだから。

ウォードは巨大《きょだい》な棍棒《こんぼう》をふりまわして、それまで見たどんなクマよりも大きな毛むくじゃらのクマと、燃《も》えるような猛々《たけだけ》しさで、しかも冷静に闘《たたか》っていた。クマの爪《つめ》がパジャマごとウォードの胸《むね》を引き裂《さ》き、血がほとばしる。

リリアン・ガースデールの恐怖の大半は、愛する人を心配する気持ちからでたものだったが、すくなからぬ割合《わりあい》で、ウォードその人にもむけられていた。糊《のり》のきいたシャツに月並《つきな》みな服を着た婚約者《こんやくしゃ》のなかに、こんなに恐《おそ》ろしくも堂々たる野蛮人《やばんじん》がひそんでいたなど、夢《ゆめ》にも見たことがなかった。

それに、男というものがどんな風に闘うのかも考えたことがない。リリアン自身は知る由もないのだが、明らかにその闘いぶりは近代的なものではなく、闘っているその男も近代人ではない。これはサンフランシスコの実業家ジェイムズ・ウォードではなく、三千年ものときを隔《へだ》ててとつぜんあらわれた、名もない、残酷《ざんこく》で野蛮な古代人なのだから。

犬たちはクマの注意をそらそうと、相変わらず狂《くる》ったように吠《ほ》えながら、輪を描《えが》き、あるいは突進《とっしん》したり、引いたりをくり返していた。クマが側面攻撃《そくめんこうげき》する犬の方にむいたと見るや、ウォードは、飛びこんで棍棒を打ちおろす。そうした攻撃のたびにクマは怒《いか》りを新たにして、飛びかかってくるのだが、ウォードは跳《と》びすさり、犬を避《さ》け、うしろに下がるかと思えば右へ左へと円を描《えが》く。すきができると、犬たちはまた飛びこんで、クマの怒りをひきつける。

終わりはとつぜんやってきた。ぐるぐるまわりながら、クマが一頭の犬の脇腹《わきばら》に猛烈《もうれつ》なパンチを浴《あ》びせて背骨《せぼね》を砕《くだ》くと、遠くに放り投げた。それを見たウォードは激怒《げきど》した。意味のわからない雄叫《おたけ》びをあげると、口から怒りの泡《あわ》を吐《は》きだしながら飛びこんで、うしろ足で立ち上がった灰色《はいいろ》グマの頭めがけて両手で握《にぎ》った棍棒《こんぼう》を力いっぱいふり下ろした。クマの頭蓋骨《ずがいこつ》といえども、その力には耐《た》えられず打ち砕《くだ》かれて、待ちかまえていた犬たちのなかに倒《たお》れこんだ。

走りまわる犬たちのなかで、ウォードはクマの上に飛び乗ると、電気の明かりが白々と照らすなか、棍棒を杖《つえ》代わりに立ち、知られざる言語で勝利の歌をうたった。ワーツ教授《きょうじゅ》なら、自分の十年分の命と引き換《か》えにしてもききたがるような古代の歌を。

客人たちはほめたたえようとかけつけたのだが、ジェイムズ・ウォードは、とつぜん、古代チュートン人の目で、愛する二十世紀の可憐《かれん》な少女を見て、頭のなかでなにかがぷつりと切れたように感じた。

弱々しくよろめきながらリリアンに近寄《ちかよ》ると、棍棒を落とし、ほとんど気を失いかけた。ウォードのなかのなにかが壊《こわ》れてしまったようだ。ウォードの頭のなかには耐えられないような苦悶《くもん》が渦巻《うずま》いていた。それはまるで、ウォードの魂《たましい》が粉々に砕けて飛び散ってしまったかのようだった。
客人たちの興奮《こうふん》した視線《しせん》を追ってみると、そこにはクマの死体がころがっていた。その光景にウォードは恐《おそ》れおののいた。ウォードは悲鳴《ひめい》を発した。客人たちに引きとめられてバンガローにつれもどされていなければ、どこかに逃《に》げていってしまったことだろう。

ジェイムズ・J《ジェー》・ウォードは、いまもウォード＝ノウルズ社の社長をつとめている。しかし、いまはもう田舎暮《いなかぐ》らしはしていない。月光の下、夜中にコヨーテを追いかけることもない。ミルバレーでクマと闘《たたか》った夜、ウォードのなかの古代チュートン人は死んでしまった。ジェイムズ・J・ウォードは、いまでは全身ジェイムズ・J・ウォードであり、世界がまだ若《わか》かったころの野蛮人《やばんじん》と共有している部分は一切《いっさい》ない。そして、完全に現代人《げんだいじん》であるがゆえに、ジェイムズ・J・ウォードは、文明化した恐怖《きょうふ》の呪《のろ》いを痛切《つうせつ》に知りつくしている。

ウォードは、いまでは暗闇《くらやみ》が怖《こわ》い。そして、夜の森には底知れない恐怖《きょうふ》を感じてしまう。街のなかの家はこぎれいにしつらえてあり、泥棒《どろぼう》よけのさまざまな工夫や発明品に多大の興味《きょうみ》を示《しめ》している。ウォードの家には電気の配線が張《は》りめぐらされていて、招《まね》かれた客人が寝室《しんしつ》に下がったあとは、息をしただけでも警報装置《けいほうそうち》を発動しかねないほどだ。

さらにウォードは、鍵《かぎ》がいらない組み合わせ式のドアロックを独自《どくじ》に開発していた。それはベストのポケットにいれて持ち運べるもので、どんな環境《かんきょう》でもすぐに使うことができる。

しかし、ウォードの妻《つま》は、夫を臆病者《おくびょうもの》だなどとは思っていない。妻はウォードの秘密《ひみつ》を知っているのだから。それに、どんな英雄《えいゆう》もそうであるように、ウォードもまた過去《かこ》に得た勝利の栄誉《えいよ》に満足しているのだから。あのミルバレーの事件《じけん》を知る友人たちのなかに、ウォードの勇敢《ゆうかん》さを疑《うたが》う者などだれひとりいない。

キーシュの物語

The Story of Keesh

キーシュは北極海《ほっきょくかい》のほとりの村の長《おさ》として、長い年月にわたって村に繁栄《はんえい》をもたらし、死に際《さい》しては、だれもが尊敬《そんけい》の気持ちをこめてその名を口にした。

キーシュが死んでからずいぶん長い時間が流れ、彼《かれ》の名を、その物語を覚えているのは年寄《としよ》りたちだけになってしまった。その年寄りたちにしても、子どものころに年寄りたちからききかされて覚えているのだから、これからも子から子へといつまでも語り継《つ》がれていくのだろう。

そして、はげしい北風が吹雪《ふぶき》となって氷の上を吹《ふ》き荒《あ》れ、だれもが外へでかけるのをあきらめる暗い冬のあいだこそ、村でいちばんみすぼらしい小屋に生まれたキーシュが、どのように広く力を持つようになったのかを語るにふさわしい時期なのだ。

物語によれば、それは、賢《かしこ》く健康《けんこう》で、力にあふれたキーシュが十三個《こ》目の太陽を見たあとのことだった。この地では毎年冬になると太陽が姿《すがた》をかくし、大地は闇《やみ》に覆《おお》われてしまう。人々にぬくもりがもどり、互《たが》いの顔もはっきり見えるようになるのは、翌年新《よくとし》しい太陽があらわれてからのことなので、年齢《ねんれい》は新しい太陽を見た回数で数えるのが習わしだ。

キーシュの父親はとても勇敢《ゆうかん》な男だったが、飢饉《ききん》の年、村人の命を救《すく》おうとホッキョクグマ狩《が》りにでて、自らの命を落としてしまった。クマとのはげしい格闘《かくとう》の末、骨《ほね》を砕《くだ》かれてしまったのだが、そのクマがもたらした大量の肉のおかげで、村人たちの命は助かった。

キーシュはひとりっこで、父亡《な》きあとは、母親とのふたり暮《ぐ》らしになった。人間というのは忘《わす》れっぽいもので、村人たちはキーシュの父親のしてくれたことをやがて忘れ、キーシュはただの少年、その母親はただの女にすぎなかったので、ふたりのこともじきに忘れてしまった。ふたりは村のもっとも粗末《そまつ》な小屋で細々と暮らしていた。

キーシュがその体に流れる血を示《しめ》し、背筋《せすじ》を伸《の》ばした男らしい姿《すがた》を見せたのは、村の長《おさ》、クロシュクワンの大きな小屋での村会の場でのことだった。堂々としたおとなのような威厳《いげん》を見せてすっくと立ち上がったキーシュは、村人たちのつぶやきがおさまるのを待った。

「ぼくと母の分の肉の分け前は、ちゃんといただいています」キーシュは話しはじめた。「けれど、いつも古くて硬《かた》い肉で、おまけにほとんどが骨《ほね》ばかりなんです」

これには狩人《かりうど》のだれもがおどろいた。白髪《しらが》交じりの年寄《としよ》りも、若《わか》くて元気な狩人も。これまで、このようなことは一度もなかったからだ。年端《としは》もいかない子どもが、おとなのような口ぶりで、面とむかっていいたいことをいうなんて！

しかし、キーシュは動ずることなく淡々《たんたん》と、熱意をこめて話しつづける。「ぼくの父、ボックが偉大《いだい》な狩人だったと知っているから、こうしてお話ししているのです。父は、いつだって、ひとりで狩人ふたり分以上の肉を持ち帰ったときいています。そして、自分の手で肉をさばき、いちばん年下の女性《じょせい》にも、いちばん年寄りの男性にも、分け隔《へだ》てなく公平に肉を配るように気をつけていたんだとも」

「だまれ！　だまれ！」男たちは口々に叫《さけ》んだ。

「このガキを追いだすんだ」

「とっととおねんねさせろ」

「こいつには、おとなや、ひげの白い年寄りにむかって話す資格《しかく》なんぞないぞ」

キーシュは騒《さわ》ぎがおさまるのを落ち着きはらって待った。

「アググラックさん、あなたには奥《おく》さんがいますね。奥さんのためになら、あなたも話すでしょう。そして、マサックさん、あなたもです。あなたも、奥さんやお母さんのためになら話すでしょう。ぼくの母にはぼくしかいません。ですから、ぼくが話すのです。父は狩りに夢中《むちゅう》になりすぎて死にました。だからボックの息子《むすこ》であるぼくキーシュと、ぼくの母であり、ボックの妻《つま》であるイキーガには、村全体に十分な肉があるかぎり、十分な肉が分け与《あた》えられるべきだとお話ししているのです」

キーシュは腰《こし》をおろすと、自分のことばが巻《ま》き起こした抗議《こうぎ》の嵐《あらし》と憤《いきどお》りの声に耳をそばだてた。

「こんな子どもが、村会で発言するとは」長老のアググラックがつぶやく。

「親に抱《だ》っこされてる赤ん坊《ぼう》が、われわれおとなに命令しようというのか?」マサックが大声でどなる。「肉をほしがって泣きわめく子どもに、このおれさまが、バカにされるというのか?」

怒《いか》りは極度《きょくど》の緊張《きんちょう》を生んだ。狩人《かりうど》たちはキーシュにベッドに行けと命じ、今後一切《いっさい》肉はやらんぞとおどし、こんな無礼な態度《たいど》をとったからにはこっぴどく打ちすえてやるといきまいた。

キーシュの目には炎《ほのお》がゆらめきはじめ、皮膚《ひふ》の下では血が熱くたぎった。おとなたちが騒《さわ》ぎ立てるなか、キーシュはふたたび立ち上がった。

「みなさん、よくきいてください!」キーシュは叫《さけ》んだ。「ぼくは今後二度と村会で話すことはないでしょう。みなさんがたがぼくの元へやってきて、『キーシュよ、悪かった。おまえが話したことは正しかった』と頭を下げるそのときまでは。いいですか、これがぼくの最後のことばです。父、ボックは偉大《いだい》な狩人だった。息子《むすこ》であるぼくもです。ぼくは自分の食べる肉は自分でとってきます。そして、ぼくの獲物《えもの》は公平に分け与《あた》えます。強い男たちが食いすぎで腹《はら》を痛《いた》めている夜に、肉がなくて泣く未亡人《みぼうじん》や弱いものがひとりもいないように。いずれ、食べすぎた強い男たちが、自分がやってきたことを恥《は》ずかしく思う日が、かならずや訪《おとず》れることでしょう。これがぼくキーシュの最後のことばです」

小屋をでていくキーシュのうしろから、あざけりやいまいましげな笑い声が追ってきた。しかし、キーシュは歯を食いしばり、まっすぐ前だけを見て歩き去った。

次の日、キーシュは海上の氷と陸地が接《せっ》している浜辺《はまべ》を進んだ。その姿《すがた》に気づいたものは、キーシュが弓と骨《ほね》の矢じりがついたたくさんの矢をたずさえているのを見た。そして、肩《かた》には父親が使っていた大きな狩猟用《しゅりょうよう》の槍《やり》をかついでいる。

それを見て、笑い声が上がり、うわさ話に花が咲《さ》く。キーシュのような幼《おさな》い子どもが、たったひとりで狩《か》りにでるなど、前例のないことだったからだ。そして、あきれたように頭がふられ、いまわしげな予測《よそく》が語られ、女たちはあわれむようにイキーガの方に目をやるのだった。イキーガの顔は思いつめたように悲しげだった。

「すぐにもどってくるわよ」女たちは明るくいった。

「勝手に行くがいいさ。思い知るだろう」狩人《かりうど》たちはいった。「すぐにしっぽを巻《ま》いてもどってきて、そのあとはもう、偉《えら》そうな口をきくこともなくなるだろう」

しかし、一日がたち二日目もすぎ、はげしい風が吹《ふ》きすさぶ三日目になっても、キーシュは帰ってこなかった。イキーガは髪《かみ》をかきむしり、アザラシ油のススを顔に塗《ぬ》って悲しみをあらわした。女たちは男たちにきびしいことばを投げかけた。あの子にむごい仕打ちをして、みすみす死なせてしまったといって。男たちはそのことばには答えず、嵐《あらし》がおさまったら死体を探《さが》しにいくための準備《じゅんび》をはじめた。

ところが、翌朝《よくあさ》早く、キーシュが村にもどってきた。その顔には恥《は》ずかしげなところなど一切《いっさい》ない。キーシュの肩《かた》には殺したばかりの新鮮《しんせん》な肉がかつがれていた。

そして、自信に満ちた足取りで、堂々とこう語った。

「みなさん、犬ぞりを用意して、ぼくの足跡《あしあと》を一日分たどってみてください。氷の上にたっぷりの肉があります。母グマ一頭と、子グマ二頭分です」

イキーガはよろこびを爆発《ばくはつ》させたが、キーシュはおとなびた態度《たいど》で受け流した。

「さあ、母さん、食べましょう。そのあと、寝《ね》させてください。すこし疲《つか》れたから」

そういうと、小屋にはいって、たっぷり肉を食べ、そのあと、二十時間ぶっつづけで眠《ねむ》った。

最初はだれもが疑《うたが》ってかかった。疑いと議論《ぎろん》が渦巻《うずま》いた。ホッキョクグマを殺すのはとても危険《きけん》なことだ。しかし、子づれの母グマを殺すのは、さらに三倍も危険なことだからだ。男たちは、キーシュがたったひとりで、そんな奇跡《きせき》のようなことを成《な》し遂《と》げたなどとは、とうてい信じることができなかった。

だが、女たちはキーシュが持ち帰った新鮮な肉のことを口々に語った。信じられようと信じられなかろうと、これがなによりの証拠《しょうこ》だというわけだ。

そこで、男たちはしぶしぶでかけていった。たとえ、信じられないようなことが起こったのだとしても、クマの死体を切り分けるところまではしていないだろうと、ぶつぶつぼやきながら。

極地方《きょくちほう》では、殺した動物はただちに処理《しょり》しなければならない。さもなければ、カチカチに凍《こお》ってしまい、どれほど鋭利《えいり》なナイフでも刃《は》が立たなくなってしまう。カチカチに凍った百五十キロものホッキョクグマをそりに乗せて、荒《あ》れた氷の上を運んでくるなど無理というものだ。

しかし、現場《げんば》に着いてみると、そもそも疑《うたが》っていたクマの死体がちゃんとそこにあるだけではなく、きちんと狩人《かりうど》の作法《さほう》で切り分けられており、内臓《ないぞう》まで取り除《のぞ》かれていた。

こうして、謎《なぞ》めいたキーシュの物語がはじまった。この謎は、日がたてばたつほどに、どんどん深まっていった。次の狩《か》りでは、ほぼ成獣《せいじゅう》なみの若《わか》いクマをしとめた。さらにその次の狩りでは、大きなオスグマとそのつれのメスグマをものにした。

通常は、三、四日でもどってくるが、氷原で丸々一週間すごしてくることもめずらしくはなかった。同行の申し出は、いつもことわった。村人はみな不思議でしかたがない。

「いったい、どうやってるんだ?」村人どうし、お互《たが》いにたずねあう。「やつは犬一匹つれていかないじゃないか。犬はものすごく役に立つというのに」

「おまえは、なぜクマしか狩らないんだ?」あるとき村の長《おさ》クロシュクワンは、思い切ってキーシュにたずねた。

キーシュはあたりさわりのない返事をする。「クマの肉がいちばん多いからですよ」

しかし、村人のあいだには、魔術《まじゅつ》を疑うものもでてきた。

「あいつは、邪悪《じゃあく》な霊《れい》を使って狩りをしているにちがいない。だから、いつも大成功できるんだ。邪悪な霊の力なしに、どうやってあんなにうまくやれるというんだ?」そういうものもいた。

「もしかしたら、邪悪《じゃあく》な霊《れい》じゃなく、いい霊なんじゃないか？」ほかのものがいう。

「ほら、あいつの父親は、たいした狩人《かりうど》だったじゃないか。あいつの父親がいっしょに狩《か》りをするおかげで、すばらしい忍耐《にんたい》と知恵《ちえ》を授《さず》かってるんだろうよ。どうだ、ちがうか？」

いずれにせよ、キーシュの成功はつづき、力の劣《おと》る狩人たちは、キーシュがしとめた肉を運ぶのにいそがしかった。肉の分配にあたっては、キーシュは公平そのものだった。以前、父親がそうしていたように、自分の分は必要なだけしかとらず、いちばん年下の女にも、いちばん年寄《としよ》りの男にも、おなじ分け前が届《とど》くよう目を光らせた。

こうした態度《たいど》と、狩人としての腕前《うでまえ》が認《みと》められ、キーシュは尊敬《そんけい》の目で見られるようになった。ときには畏《おそ》れさえともなって。

やがて、クロシュクワンのあとを継《つ》いで村の長《おさ》になるのはキーシュだとささやかれるようにもなった。キーシュの村への貢献《こうけん》を理由に、ふたたび村会への出席を望む声もきかれたが、キーシュが姿を見せることはなかったし、村人たちも恥ずかしくて求めることはできなかった。

「ぼくは小屋を建てることにしました」あるとき、キーシュはクロシュクワンと狩人たちにむかってそういった。「母とぼくが快適《かいてき》に暮《く》らせる大きな小屋にするつもりです」

「よかろう」狩人たちは重々しくうなずいた。

「でも、ぼくには時間がありません。ぼくの仕事は狩りで、狩りにすべての時間をそそいでいます。そこで、お願いです。ぼくが取ってきた肉を食べている村のみなさんで、ぼくの小屋を建てていただきたいのです」

こうして、クロシュクワンの小屋さえもしのぐ立派《りっぱ》な小屋が建てられた。キーシュとその母イキーガは小屋に引っ越《こ》した。イキーガにとって、それは夫のボックを失って以来はじめての、心からの幸せだった。幸せというのは小屋だけのことではなく、すばらしい息子《むすこ》と、息子が与《あた》えてくれた地位も含《ふく》めてのことだ。

息子《むすこ》のおかげで、イキーガは村でいちばんの女とみなされるようになり、村の女たちがたずねてきて、女たちのあいだや、男とのあいだでもめごとがあったときには、知恵《ちえ》やアドバイスを求めるようになった。

しかし、村人だれもの心を占《し》めていたのは、キーシュのおどろくべき狩《か》りの謎《なぞ》だった。あるとき、アググラックは面と向かって、おまえは魔術《まじゅつ》を使っているのだろうと難癖《なんくせ》をつけた。

「おまえは邪悪《じゃあく》な霊《れい》をあやつって、狩りの獲物《えもの》を手にいれているんだろう」

「肉になにか問題が？」キーシュは答えた。「ぼくがしとめた肉を食べて、ぐあいが悪くなった人がひとりでもいますか？　そもそも、どうして魔術を使っているだなんてわかるんです？　まさか、ただ単に、陰険《いんけん》な妬《ねた》みや嫉《そね》みでそんなことをいってるわけじゃないですよね？」

アググラックはすごすごと引き下がり、女たちはそんなアググラックを笑った。

しかし、ある夜の村会で、長い討議《とうぎ》の結果、キーシュが狩りにでかける際《さい》に、スパイを送りこむという議決が下された。そうすれば、キーシュの狩りの方法も学べるかもしれない。

こうして、次の狩りの際、狩人《かりうど》のなかでもっとも技《わざ》に長《た》けたビムとボーンという若者《わかもの》が送りだされた。ふたりは気づかれないように慎重《しんちょう》にキーシュのあとを追った。

五日後にもどってきたふたりの目の玉は飛びださんばかりで、自分たちが目にしたことを告げるその舌《した》はふるえていた。すぐにクロシュクワンの小屋で村会が招集《しょうしゅう》された。ビムは語りはじめた。

「みなさんがた！　村会の命を受けて、わたしたちはキーシュのあとをたどりました。うまくやりおおせましたので、気づかれたりはしていません。一日目のなかばのことです。やつはオスグマとでくわしました。それはそれはでかいクマです」

「あんなでっかいクマ、見たことない」ボーンが割《わ》りこんで、話をつづけた。「でも、そのクマには戦う気なんかないんだ。それでそっぽをむいて、氷の上をゆっくりと遠ざかりはじめた。おれたちは海岸の岩場にかくれて見てたんだが、そのクマはおれたちの方に歩いてきた。すると、キーシュがクマのあとを追ってくる。ちっともこわがってる風《ふう》じゃなかったな。やつはクマのうしろから、口汚《くちぎたな》く大声でどなりはじめた。腕《うで》をぶんぶんふりまわしながらね。クマのやつ、だんだんいらいらしはじめて、ついにはうしろ足で立ち上がってうなり声をあげたんだ。ところが、キーシュはクマにむかってまっすぐに歩いてきた」

「そうなんです」ビムが引き継《つ》ぐ。「キーシュはクマの目の前まで歩いていきました。クマがキーシュに襲《おそ》いかかると、キーシュは逃《に》げだしました。けど、逃げながら、氷の上になにか丸っこいボールみたいなものを落としたんです。クマは立ち止まってそのボールのにおいをかぐと、パクッと一口で飲みこみました。キーシュはなおも逃げながら、小さなボールを落としつづけます。そして、クマはそれを飲みこみつづけます」

不審《ふしん》と不満の声が響《ひび》くなか、アググラックはあからさまに信じられないといいはなった。

「おれたち、この目で確《たし》かに見たんですから」ビムがいう。

「そうだよ。おれたちのこの目で見たんだ」ボーンもいう。「しばらくすると、クマがとつぜん立ち上がって、苦しそうに吠《ほ》えはじめたんだ。前足を無茶苦茶《むちゃくちゃ》にふりまわしながらね。キーシュは、安全なところに立ってそれをながめてた。でも、クマのやつは丸っこいボールを食べたせいでこうむった災難《さいなん》に気を取られて、キーシュには気づきもしない」

「そうそう、腹《はら》が痛《いた》くてしょうがないみたいなんです」ビムが口をはさむ。「だって、自分の爪《つめ》で自分の腹をかきむしってるんだから。それから、子犬が遊んでるみたいにピョンピョン飛びはねはじめました。でも、うめいたりうなったりするようすを見れば、遊んでるわけじゃないのは明らかです。クマは痛くてしょうがないんですよ。あんなものを見たのは生まれてはじめてだ!」

「ああ、そうだ。あんなもの見たことないや」ボーンも力をこめていう。「しかも、あんなにでっかいクマなんだから」

「魔術《まじゅつ》だ」アググラックがつぶやく。

「それはどうだか」ボーンが答えた。「おれはただ、この目で見たことをいっただけなんで。それで、しばらくたつとクマのやつ、だんだん疲《つか》れて弱ってきた。なにせ、あんなに重いのにピョンピョンはねて暴《あば》れまわったんだから。クマは凍《こお》った海岸沿《ぞ》いに、頭を左右にふりふり歩いていったけど、ついにしゃがみこんで、悲しげな声をあげたんだ。キーシュはクマのあとをついていく。そして、おれたちはキーシュのあとをついていく。その日一日、それにさらに三日、おれたちはついていった。クマはどんどん弱っていって、ずっと苦しそうな声をあげていたよ」

「それは魔術だ！」アググラックが叫《さけ》ぶ。「魔術にまちがいない！」

「そうだ、そうだ」

そこでビムがボーンから話を継《つ》いだ。「クマは歩きつづけました。あっちへふらふら、こっちへふらふら。急に逆《ぎゃく》もどりするかと思えば、おなじところをぐるぐるまわったり。そんなわけで、最後には、はじめにキーシュとでくわしたあたりまでもどってきてました。そのころには、もうそれ以上、一歩進むのも無理なほど弱ってました。そこで、キーシュが近づいて、槍《やり》で仕留《しと》めたんです」

「それから？」クロシュクワンが先をうながす。

「それから、キーシュが皮をはぎだしたので、おれたちはこの知らせを伝えるために走ってもどってきたんです」

そして、クマの肉が女たちの手で運ばれた日の午後、男たちは村会の場ですわったままだった。キーシュの元へ、村会へ出席するように伝える使いが送られたが、キーシュは腹《はら》が減《へ》って疲れているし、ぼくの小屋なら広くて快適《かいてき》で、大人数が集まっても問題はないという答えを返した。村会のメンバーだれもが好奇心《こうきしん》をおさえきれず、クロシュクワンが先頭に立ってキーシュの小屋へおもむくことになった。

キーシュは食事の最中だったが、村会のメンバーたちをうやうやしく迎《むか》えいれ、序列《じょれつ》を守って席につかせた。イキーガは誇《ほこ》らしくもあり、とまどってもいるようすだったが、キーシュは落ち着きはらっていた。

クロシュクワンは、ビムとボーンがもたらした報告《ほうこく》を述《の》べ立てた。そして、しめくくりにきびしい声でいいそえた。「さあ、説明してもらおう。おまえの狩《か》りの方法についてだ。これは魔術《まじゅつ》ではないのか？」

キーシュは顔を上げて微笑《ほほえ》んだ。「とんでもない、クロシュクワン。ぼくのような子どもが、どうしてそんな魔術を知っているというのです。ぼくは魔術のことなどなにも知りません。ぼくはただ、ホッキョクグマをかんたんに殺す方法を考えだしたというだけです。魔術を使うのではなく、頭を使ったんです」

「それは、だれにでも使えるのか？」

「ええ、だれにでも」

長い沈黙《ちんもく》がつづいた。男たちは互《たが》いに目くばせをしあっているが、キーシュは黙々《もくもく》と食事をつづけている。

「なあ、キーシュ、それで……つまり……それを教えてはもらえまいか？」とうとうクロシュクワンがふるえる声でそうたずねた。

「ええ、いいですとも」キーシュは骨《ほね》の髄《ずい》をすすり終えると立ち上がった。「とってもかんたんなことなんです。ほら、これを見てください！」

キーシュは薄《うす》いクジラのひげを一枚《まい》取りだして、みんなに見せた。はじっこは針《はり》のように鋭《するど》く削《けず》られている。キーシュはそのひげを慎重《しんちょう》に、手のなかにかくれるほど小さく巻《ま》いていった。そして、とつぜん手を開くと、あっというまにはじけて元にもどった。次にキーシュは、脂身《あぶらみ》をひとかけ手に取った。

「これぐらいの小さな脂身に穴《あな》をあけるんです。そして、その穴にきつく巻いたクジラのひげをつめる。あとは別の脂身で穴をふさいで、外にだして凍《こお》らせるだけです。この小さなボールをクマがのみこむと、お腹《なか》のなかで脂身がとけて、クジラのひげがはじけ、鋭い先端《せんたん》でお腹のなかを傷《きず》つけるってわけです。クマが弱ったら、あとは槍《やり》で仕留《しと》めるだけ。ね、かんたんでしょ？」

アググラックは「なんと！」と叫《さけ》び、クロシュクワンは「すごいじゃないか！」と叫んだ。ほかのメンバーたちもみな納得《なっとく》して、口々に声をあげた。

これが、むかしむかし、北極海《ほっきょくかい》のほとりに暮《く》らしていたキーシュの物語だ。キーシュは魔術《まじゅつ》ではなく頭を使って、いちばんみすぼらしい小屋育ちから村の長《おさ》となり、生きているあいだ村人たちを豊《ゆた》かに暮《く》らさせた。この村には、肉がないからといって夜にしのび泣くような未亡人《みぼうじん》も弱いものも、ただひとりいなかったという。

たき火

To Build a Fire

その男が、ユーコン河沿《がわぞ》いの本道をはずれて土手を登り、密生《みっせい》したトウヒの森を抜《ぬ》けて東へ向かうかすかな踏《ふ》み跡《あと》をたどりだすころ、寒くて灰色《はいいろ》の一日は明けようとしていた。ただの寒さでも、灰色でもない。ものすごく寒くて暗い一日だ。おまけに土手は急な登り坂で、てっぺんにたどり着いた男は止まって息を整えた。腕時《うでど》計《けい》を見る動作をすることで、自分自身へ立ち止まったことへのいいわけをしながら。

時計は九時ちょうどをさしていた。太陽の姿《すがた》が見えないどころか、気配さえない。空には雲ひとつないのに。きれいに晴れた空なのに、触《ふ》れることのできないベールのような薄闇《うすやみ》に覆《おお》われているように感じるのは、太陽があらわれないせいだ。だが、男は太陽が昇《のぼ》らないのを心配したりしていない。そんなことには慣《な》れっこだ。最後に太陽を拝《おが》んでから数日たつが、南の地平線に陽気な太陽がちらりと顔をのぞかせて、すぐにまた沈《しず》むようになるまで、まだ何日かあることも知っている。

男は、自分がやってきた方をくるっとふり返った。一キロ半もの幅《はば》があるユーコン河は一メートルの厚《あつ》みの氷の下に横たわっている。その氷の上にはおなじくらいの厚さの雪が積もっている。どこもかしこもが真っ白だ。氷が張《は》りはじめたときに重なり合ってできたでこぼこの上に積もった雪が、やわらかく波打って広がっている。

南を見ても北を見ても、目の届《とど》く限《かぎ》り白一色だ。ただ、トウヒに覆われた島のあたりから、くねくねと曲がった黒っぽい細い線が南へ延《の》びているのが見えるだけだ。そして、その黒っぽい線は、北にむけてもくねくねつづいていて、おなじようにトウヒに覆われた別の島のかげへと消えていく。

そのくねくね曲がった細い線が本道だ。その道を南にむかえば八百キロでチルクート峠《とうげ》に達し、ダイアから海に抜ける。北にむかえば百キロほどでドーソンに、さらに千五百キロばかり行けばヌラートに届き、最後にはベーリング海沿岸《えんがん》のセント・マイケルに到達《とうたつ》する。そこまでは、二千五百キロの道のりが待っているのだが。

しかし、はるか遠くにまで延《の》びている毛のように細い神秘的《しんぴてき》な道も、空に太陽が姿《すがた》をあらわさないことも、恐《おそ》ろしいほどの寒さも、さらにはそれらがかもしだす、不気味さ、異様《いよう》さのどれもが、その男にはなんの印象ももたらしてはいなかった。すっかり慣《な》れてしまっているから、というわけではない。男はこの土地にやってきたばかりで、この地で冬を迎《むか》えるのもはじめてだ。

この男のやっかいなところは、想像力《そうぞうりょく》が欠けていることだった。男は頭の回転が速く、警戒心《けいかいしん》も強いのだが、それはすべてその場その場でのことだけで、先を見通した思慮《しりょ》には欠けていた。

そのときの気温は摂氏《せっし》でマイナス四十五度に達していたのだが、この男にとっては、ただ寒くて不愉快《ふゆかい》だというだけにすぎなかった。自分が温度変化には弱い生き物なんだと深く考えることはなかったし、人間そのものが、狭《せま》い範囲《はんい》の温度のなかでしか生きていけないものだとも考えなかった。当然ながら、不死なるものの存在《そんざい》だの、宇宙《うちゅう》における人類の位置などといった深い問題に頭を悩《なや》ますことなど一切《いっさい》なかった。

マイナス四十五度の空気にさらされれば凍傷《とうしょう》におそわれるので、手はミトンで、耳は耳垂《みみだ》れで、足は分厚《ぶあつ》い靴下《くつした》と温《あたた》かいモカシンで守らなければいけない。しかし、この男にとって、マイナス四十五度は、ただのマイナス四十五度でしかなかった。そこにそれ以上の意味があることなど、頭にちらりと浮《う》かびもしなかった。

男は体のむきをもどして歩きはじめながら、なにげなく唾《つば》を吐《は》いた。とつぜん、鋭《するど》い、パチンという音が響《ひび》いたので、男はびっくりした。もう一度、唾を吐く。今度もまた、雪の上に落ちる前に、音を立てて砕《くだ》け散った。マイナス四十五度では、唾が雪の上ではじけることは知っていたのだが、いま吐いた唾は空中で砕けた。いまや温度がさらに下がっているのはまちがいない。何度くらいなのかまではわからなかったが。だが、気温のことなどどうでもよかった。

男はヘンダーソン川の分岐点《ぶんきてん》から左支流《しりゅう》を上がったところにある古い採掘場《さいくつじょう》をめ

ざしていた。仲間たちはすでにそこで待っている。仲間たちはインディアン・クリーク地区から分水嶺《ぶんすいれい》を越《こ》えてやってきていたのだが、この男は、ユーコン河《がわ》の島々から小屋用の丸太を切りだせないかを確認《かくにん》するために遠まわりをしてむかっている。キャンプ地には六時までには着くつもりだった。だいぶ暗くなっているころだが、仲間がそこにいて、火もたいているだろうし、熱々《あつあつ》の夕飯も待っているはずだ。

昼飯がちゃんとあるか、ジャケットの下のふくらみを手でおさえて確認した。ハンカチに包んで、下着の下、肌《はだ》に直接《ちょくせつ》あたるようにしまってある。パンが凍《こお》ってカチカチになるのを防《ふせ》ぐにはそうするしかない。男はパンのことを思ってにんまり笑った。それぞれ、半分に割《わ》ってベーコンの油をしみこませ、分厚《ぶあつ》いベーコンをはさんである。

男は巨大《きょだい》なトウヒの森に踏《ふ》みこんでいった。道の痕跡《こんせき》はかすかだ。最後にそりが通り過《す》ぎてから、三十センチほどの雪がふり積もっている。男はそりのない身軽な旅なのをありがたいと思った。実際《じっさい》のところ、持ち物といえば、ハンカチに包んだ昼飯だけなのだ。

それにしても、この寒さにはおどろかされた。なんという寒さなんだ。男は感覚のなくなった鼻と頰《ほお》をミトンをはめた手でこすった。顔にはぼうぼうのひげをたくわえているのだが、冷たい空気に果敢《かかん》にでっぱった頰骨《ほおぼね》と鼻を守る役には立っていない。

男のすぐうしろには一頭の犬がついてきている。大きな地元産のハスキー犬で、灰色《はいいろ》の毛皮に覆《おお》われた見た目も気性《きしょう》も、兄弟である野生のオオカミとほとんど見分けがつかない。この犬は、きびしい寒さにやる気をなくしていた。犬はこんなときに旅にでるものではないのを知っていた。犬の本能《ほんのう》は、人間の判断《はんだん》以上に正しく状《じょう》況《きょう》をとらえていたのだ。

実際のところ、すでにマイナス四十五度どころか、五十度、いや五十五度をも下まわっていた。正確《せいかく》にはマイナス六十度にまで達していたのだ。犬は温度計など知らない。人間とはちがって、極端《きょくたん》に寒い状態《じょうたい》をきちんと把握《はあく》する能力《のうりょく》はないのかもしれない。

しかし、この動物には直感的な本能《ほんのう》がある。犬は漠然《ばくぜん》とした、けれどもおさえられない不安を感じていて、そのせいで、男のぴったりうしろを歩く足取りも不安げだ。男が変わった行動をとるたびに、もの問いたげに男の表情《ひょうじょう》をうかがった。それはまるで、男がどこかでキャンプの準備《じゅんび》をはじめるか、避難所《ひなんじょ》を見つけて火をたくのを期待しているかのようだった。

この犬は火を知っている。そして、火をたいてほしかった。それが無理なら、せめて雪の下にもぐりこんで、体温が奪《うば》われないようにしたかった。

息のなかの湿《しめ》り気は、細かな粉をふりかけたように、霜《しも》となってこの犬の毛皮にまとわりついていた。とりわけ、あごの下や鼻づら、まつ毛は結晶化《けっしょうか》した息で白くなっていた。男の赤毛のあごひげや口ひげもおなじように白くなっているが、もっと固く氷のかたまりになっていて、暖《あたた》かく湿った息を吐《は》くたびに、層《そう》をましていく。

その上、男は噛《か》みタバコを噛んでいて、唇《くちびる》を囲むように固まった氷のせいで、噛み汁《じる》を吐《は》きだしても、雪面にまで飛ばすことができなかった。その結果、あごひげは色も硬《かた》さも琥珀《こはく》そっくりの透明《とうめい》なつららに覆《おお》われて、あごの下にたれ下がり、しかも、どんどん長くなっている。もし、男がころぶようなことでもあれば、そのつららはガラスのように粉々に砕《くだ》け散ることだろう。

しかし、この男はそんなものさえも気にしない。この地方で噛みタバコをやる者にとって、それはしかたのないことで、男自身、二度の寒波もそうやって乗り越《こ》えてきた。どちらのときも、これほどの寒さではなかったのはわかっているが、シックスティマイルではアルコール温度計が一度はマイナス四十五度を、もう一度はマイナス四十八度をさしていた。

平坦《へいたん》な森のなかを数キロ歩き、黒い丸岩がごろごろころがった広く平らな場所を横切り、土手をおりて、凍《こお》りついた小さな川におり立った。それがヘンダーソン川と呼《よ》ばれる川で、分岐点《ぶんきてん》まであと十五キロほどの場所にある。

男は腕時計《うでどけい》を見た。十時ちょうどだ。一時間に六キロほど歩いた計算だ。この調子だと、分岐点《ぶんきてん》には十二時半ごろに着くだろう。分岐点では、ごほうびに昼飯にするとしよう。

男が凍《こお》った川の上を威勢《いせい》よく歩きはじめたのを見て、犬はがっかりしたようにしっぽをたらし、ふたたび男のすぐうしろについた。

時間がたったそりの跡《あと》はくっきり見えているが、その上に三十センチほどの雪が積もっている。この一か月ほど、物音ひとつしないこの川の上を行き来したものはだれもいない。

男は淡々《たんたん》と歩きつづけた。男は考え事をするようなたちではない。いまそのときも、頭にあるのは、分岐点に着いたら昼飯を食べるということと、六時には仲間たちと合流できるだろうということだけだった。話しかける相手などいないし、仮《かり》にいたとしても、口のまわりを覆《おお》った氷のせいで、どっちみち話せない。なので男は黙々《もくもく》と噛《か》みタバコを噛んでは、琥珀《こはく》のひげを長くした。

ときどき、この寒さは普通《ふつう》じゃない、こんな寒さは経験《けいけん》したことがない、という思いが頭のなかでくり返される。男は歩きながら、ミトンをはめた甲の部分で頬《ほお》や鼻をこすった。右手から左手と変えながら、無意識《むいしき》で行っていた。しかし、こすっていた手をとめたとたん、頬の感覚がなくなりはじめる。そして、次の瞬間《しゅんかん》、鼻先の感覚も。頬が凍傷にやられてしまうのはまちがいない。

男は猛烈《もうれつ》に後悔《こうかい》していた。以前の寒波の際《さい》に、バドが使っていたような鼻覆いを用意しておけばよかった。あの鼻覆いは頬も覆っていた。それでも、どうせ大したことじゃない。頬が凍傷《とうしょう》だからってなんだってんだ？　すこしばかり痛《いた》むかもしれないが、それだけのことだ。大したことじゃない。

考え事に夢中《むちゅう》になるような男ではないが、観察力《かんさつりょく》は鋭《するど》い。川のようすの変化にはよく気がつき、曲がりぐあいや流木が集まった場所を見落とすことはないし、とりわけ、踏《ふ》みだす足の置き場についてはいつも慎重《しんちょう》だ。

一度、蛇行《だこう》した場所にさしかかって、男はとつぜんあとずさりした。まるで、なにかにおどろいた馬のようだった。

男は進路を変えて遠まわりし、数歩逆《ぎゃく》もどりした。この川は、底までかちこちに凍《こお》っているはずだ。北極圏《ほっきょくけん》の冬に水をたたえたままの川などあるはずがない。それでも、山の斜面《しゃめん》から流れでた湧水《わきみず》が雪の下を走っていて、その上に氷が張《は》ったところがあることも知っている。どれほどの寒波になっても凍らない湧水があって、それが危険《きけん》なことも知っている。

それは罠《わな》のようなものだ。雪の下十センチもないところなのか、一メートルなのかはわからないが、水をたくわえているのだ。ときには、氷の厚《あつ》みはほんの一センチほどで、雪に覆《おお》われているかもしれない。ときには、水の層《そう》と薄《うす》い氷の層が何重にもなっていることがあって、一度踏《ふ》みこんだらしばらく沈《しず》みつづけて、腰《こし》まで濡《ぬ》らしてしまうかもしれない。

男がそれほどたじろいだのもそれが理由だ。男は足の下にわずかなたわみを感じ、雪にかくされた薄い氷にひびがはいった音をきいたような気がした。この寒さで足を濡らしてしまうのはとんでもないやっかいなことで、危険きわまりない。いちばん軽くすんだとしても、到着《とうちゃく》が遅《おく》れてしまうのは確実《かくじつ》だ。どうしても、立ち止まって火をおこさなければならないのだから。火に守られて裸足《はだし》になって、靴下《くつした》とモカシンを乾《かわ》かさなければいけない。

男は立ち上がって、川の表面と土手のようすをじっくり観察《かんさつ》した。水の流れは右《みぎ》側《がわ》からきていると判断《はんだん》する。鼻と頬《ほお》をこすりながらしばらく考えた末に、左側を遠まわりすることに決め、一歩一歩確《たし》かめるようにおそるおそる踏みだした。危険な場所を通りすぎると、新しい噛《か》みタバコをだして、時速六キロの速さで大股《おおまた》で歩きはじめた。

そのあとの二時間ほどで、おなじような罠に何度かでくわした。たいていの場合、雪の下にかくれた水たまりはすこしくぼんでいて、表面が砂糖《さとう》のかたまりのようになっているので、その危険を目に見える形で教えてくれた。

しかし、またしても、見た目からはなにも異常《いじょう》が感じられない場所で危険を察知《さっち》して、犬を先に行くようけしかけた。犬は行きたがらない。足を踏《ふ》ん張《ば》っていたが、前にひっぱりだされると、すばやく、白く乱《みだ》れのない雪の上をわたりはじめた。とつぜん、氷が割《わ》れた。犬はよろめきながら、より足場のしっかりした方へ避《さ》けて通った。

犬は両方の前足を濡《ぬ》らしてしまった。ほとんどその瞬間《しゅんかん》、水は氷に変わってしまう。犬は必死になって足の氷をなめ取ろうとした。それから、雪のなかに倒《たお》れこんで、足の指のあいだの氷を噛《か》み取りはじめた。それは本能《ほんのう》に衝《つ》き動かされた行動だった。氷をそのままにしておいたら、足は凍傷《とうしょう》にかかってしまう。犬はそれを知っていたわけではない。ただ単に、深いところからわき上がる神秘的《しんぴてき》な命令にしたがっただけだ。

しかし、男の方は知っている。知識《ちしき》だけは持っている。そこで右手のミトンをはずし、犬の足の氷をはがし取るのを手伝った。右手の指を寒気にさらしたのは一分にも満たない時間だったのだが、おどろいたことに、指の感覚はたちまちなくなってしまった。この寒さはまともじゃない。男はあわててミトンをはめて、血を通わせようと、乱暴《らんぼう》に右手で胸《むね》をたたいた。

十二時は一日のいちばん明るい時間だ。しかし、太陽ははるか南を通って冬の旅を行っているため、地平線の上には昇《のぼ》ってこない。太陽とヘンダーソン川のあいだには大地があって、真昼に雲のない空の下を歩く男に影《かげ》はできない。

十二時半、予測《よそく》した時間通りに男は川の分岐点《ぶんきてん》にたどり着いた。そこまでのスピードには大満足だ。このまま行けば、まちがいなく六時には仲間たちに会える。

男はジャケットとシャツのボタンをはずして、昼飯をひっぱりだした。その動作にかかった時間はものの十五秒だったのに、その短いあいだに空気にさらした指の感覚がなくなってきた。男はミトンをはめ直さず、その代わりに手を何度も脚《あし》に打ちつけた。それから、昼飯を食べようと雪の積もった丸太に腰《こし》を下ろした。脚をたたくときに感じる指の痛《いた》みは、おどろくほどはやく消えてしまう。パンにかぶりつく暇《ひま》もない。

男はくり返しくり返し手を脚に打ちつけてからミトンをはめた。そして、食べるために反対の手のミトンをはずす。ひと口かじろうとするのだが、口のまわりの氷にはばまれてしまった。氷を溶《と》かすために火をおこさなければならないのを忘《わす》れていた。

自分のバカさかげんに、思わず声をあげて笑ってしまった。しかし、笑っているあいだにもミトンをはめていない手の感覚はなくなっていく。さらに、最初に腰《こし》を下ろしたときに感じていたつま先の痛《いた》みがなくなってしまっているのにも気づいた。つま先が温《あたた》まって痛みがなくなったのか、感覚がなくなったせいなのかは、自分でもわからない。モカシンのなかで足を動かしてみて、感覚がなくなったせいだと確《かく》信《しん》した。

男はあわててミトンをはめると立ち上がった。すこしばかり恐《おそ》ろしくなっていた。男は足に痛みがもどってくるまで、その場で足踏《あしぶ》みをくり返した。

おそろしい寒さだぞ。男はそう思った。サルファー・クリークからやってきた男が話していた、この地方では、ときにものすごい寒さになる、というのはほんとうだったんだ。あのときは、その男のことを笑い飛ばしたというのに！　なんでもわかった気になるもんじゃない。しかし、この寒さはまぎれもない事実だ。

男はまちがいなく暖《あたた》かさがもどったと実感できるまで、足を高く上げ、手を大きくふりながら、右へ左へと歩きまわった。それから、マッチを取りだして火をおこしはじめた。前の年の春の大雨で流された枯《か》れ枝《えだ》が、森の下ばえにたくさんたまっていたので、薪《たきぎ》はすぐに集まった。

最初は慎重《しんちょう》に小さな火からはじめる。やがて、たき火はごうごうと音を立てて燃《も》えはじめ、パンを食べるのをさまたげていた口のまわりの氷を溶かすことができた。しばらくのあいだは、猛烈《もうれつ》な寒さをあざむくことができた。犬も満足げに火にあたっている。体を温めるには十分近く、毛皮を焦《こ》がさずにすむ距離《きょり》まで近づいている。

男は昼飯を食べ終わると、パイプにタバコの葉をつめて、一服した。それから、両手にミトンをはめ、帽子《ぼうし》の耳あてでしっかり耳を覆《おお》い、川の分岐点《ぶんきてん》の左支流《しりゅう》をさかのぼりはじめた。

犬はがっかりしてたき火をふり返った。この男は寒さというものを知らない。おそらく、何世代にもわたる先祖《せんぞ》たちも寒さを知らないですごしてきたのだろう。ただの寒さではない、ほんとうの寒さを。氷点下六十度にもなる寒さのことを。

しかし、犬は知っていた。犬の先祖たちもみな知っていたし、その知識《ちしき》を受け継《つ》いできた。そして、この犬は、これほどの寒さのなかを歩きまわるのはよくないことを知っている。いまは、雪に穴《あな》を掘《ほ》って丸くなり、この寒さの元になっている宇《う》宙《ちゅう》の表面に、雲のカーテンがかかるのを待つべきときなのだ。

その一方で、この犬は男に対して、たいした親密感《しんみつかん》は抱《いだ》いていなかった。犬は、男に奴隷《どれい》のように働かされていた。この犬と男とのただひとつのふれあいといえば、鞭《むち》を通してのものであり、鞭のうなる音にも負けないような、きびしい、おどすような声とともに浴《あ》びせられる。

だから犬は、自分が抱いている不安をわざわざ伝えようとはしない。人間のことなどどうでもいい。たき火をふり返ったのも自分自身のためだ。しかし、男は口笛を吹《ふ》いて、鞭を鳴らしながら声をかけてきたので、犬はすぐさま男のすぐうしろについた。

男は噛《か》みタバコを口に入れ、また新たな琥珀《こはく》のひげを作りはじめた。それと同時に、しめった息は口ひげやまゆ毛やまつ毛を、またたくまに霜《しも》で白く変えていった。ヘンダーソン川の左側の支流《しりゅう》には、湧水《わきみず》がでる場所はあまりなさそうだ。三十分ほどのあいだ、男は一か所も目にしなかった。

それは、そんなときに起こった。なんの変わったところもない、ただやわらかく平坦《へいたん》な雪がつづいていて、その下には硬《かた》い氷が張《は》っていると思わせるところで、男は氷を踏《ふ》み抜《ぬ》いてしまった。大して深くはなかったが、しっかりした固い足場を見つけるまでに、ひざの半分くらいの高さまで濡《ぬ》らしてしまった。

男は腹《はら》を立て、自分の不運をののしった。六時ごろにはキャンプ地について仲間たちと合流するつもりだったのに、これで一時間ほど遅《おく》れることになる。火をおこして、足まわりを乾《かわ》かさなくてはならないのだから。この寒さでは避《さ》けるわけにはいかない。男にもそれは十分にわかっている。

そこで男は道をそれて土手を登った。土手の上には、何本かの小さなトウヒの下ばえに、増水《ぞうすい》で流れてきた薪《たきぎ》にちょうどいい枯《か》れ枝《えだ》がからみつくようにたまっている。そのほかにも年季のはいった太い枝や、よく乾いた去年の草などもある。

男は、雪の上に、何本か太い枝を積み上げた。それを土台にすれば、火のついた薪が溶《と》けた雪に沈《しず》みこんでしまうのを防《ふせ》げる。白樺《しらかば》の皮を細かく裂《さ》いた繊維《せんい》をポケットからだし、マッチで火をつけた。これは紙よりよく燃《も》える。それを太い枝の土台の上に置くと、乾いた藁草《わらくさ》をくべ、さらに乾いた細い枝をくべていく。

男は、身に迫《せま》った危険《きけん》を切々と感じながら、ゆっくり慎重《しんちょう》に作業を進めた。炎《ほのお》が徐々《じょじょ》に大きくなるにしたがって、くべる枝を太くしていく。男は雪の上にしゃがんで、下ばえに寄《よ》り集まった枝のなかから一本ずつ引き抜《ぬ》いて、直接《ちょくせつ》火にくべた。失敗が許《ゆる》されないのはわかっている。マイナス六十度にもなるときに、足を濡《ぬ》らしてしまったのなら、一度目でたき火をおこさなければ大変なことになる。もし、足が濡れていないのなら、火をおこし損《そこ》ねても、一キロほど走って進み、血のめぐりを取りもどせばいい。しかし、マイナス六十度で濡れて凍《こお》った足には、いくら走っても血のめぐりはもどらない。どれほど、速く走ったところで、足がますます凍りつくだけだ。

そんなことはよくわかっている。秋にサルファー・クリークで会った年寄《としよ》りからきいたのだ。男はそのアドバイスに感謝《かんしゃ》した。すでに足の感覚はまったくなくなっている。火をおこすために、ミトンをはずさなければならなかったのだが、手の指の感覚もあっというまになくなっていく。

一時間に六キロのペースで歩いているあいだは、心臓《しんぞう》が体のすみずみにまで血を送り届《とど》けていた。しかし、歩みを止めた瞬間《しゅんかん》、心臓の働きはにぶる。宇宙《うちゅう》の寒気が無防備《むぼうび》な地表に襲《おそ》いかかって、その無防備な地表に立つ男は、まともに寒気にさらされていた。その寒気のなかでは、男のなかを流れる血が滞《とどこお》る。血の流れは、犬とおなじように生きている。そして、犬とおなじようにどこかにかくれて恐《おそ》ろしい寒さから身を守ろうする。

男が一時間六キロのペースで歩いているかぎり、否《いや》が応《おう》でも、心臓《しんぞう》は血を体のすみずみに送りつづける。しかし、いまは体の奥《おく》にひきこもっている。血がめぐっていないことに真っ先に気づくのは体の末端《まったん》だ。まずは濡《ぬ》れた足が凍《こお》り、まだ、凍ったわけではないが、寒気にさらされた手の指が感覚をなくす。鼻と頬《ほお》はすでに凍りはじめているし、体中の皮膚《ひふ》が血を失って冷えはじめていた。

だが、男はあやうく助かった。凍傷《とうしょう》にかかっているのはつま先と鼻、頬だけだ。そして、火は勢《いきお》いよく燃《も》えはじめている。いまは、指とおなじくらいの太さの枝《えだ》をくべている。もうすこししたら、腕《うで》とおなじくらいの枝をくべてもだいじょうぶだろう。そこまでいったら、濡れたモカシンと靴下《くつした》を脱《ぬ》いで乾《かわ》かすあいだ、足を火で温めることができる。もちろん、最初は雪でこするところからはじめるのだが。火をおこすことには成功した。男は助かった。

サルファー・クリークで会った年寄《としよ》りのアドバイスを思い出して、男は微笑《ほほえ》んだ。あの年寄りは、マイナス四十五度を下まわったら、クロンダイク地方をひとりで旅するのはぜったいにやめるべきだという掟《おきて》を、とうとうと説《と》いたのだ。それがどうだ、いまこうしてここにいる。確《たし》かにアクシデントには見舞《みま》われた。だが、たったひとりで難《なん》をのがれたではないか。

年寄りっていうのは、往々《おうおう》にして意気地《いくじ》がないものだ。男なら、いつだって冷静さを保《たも》たなければならない。そうすれば、危険《きけん》などない。男のなかの男なら、ひとりでだって旅することができるのだ。

それにしても、頬と鼻が凍傷にかかる速さにはおどろかされた。それに、指の感覚がまたたくうちになくなってしまうなどとは、考えたことがなかった。確かに指の感覚はなくなってしまっている。火にくべる枝を握《にぎ》ろうとしてもうまくいかないし、なんだかものすごく遠いところにあるような感じがする。枝に触《ふ》れるときには、ちゃんと握っているのかどうか、目で確かめなくてはならない。脳《のう》と指先をつなぐ神経《しんけい》は切れてしまっているようだ。

どれもこれもささいなことだ。ここには火がある。パチパチと陽気に音を立てて、炎《ほのお》がゆらめくたびに命を約束してくれている。男はモカシンのひもをほどきはじめた。モカシンは氷に覆《おお》われている。分厚《ぶあつ》い靴下《くつした》はひざ下の真んなかあたりまで、鉄の鞘《さや》のようになっている。そして、モカシンの靴ひもは、もつれからみ合った鋼《はがね》のワイヤーのようだ。しばらくは感覚のない指でほどこうとしてみたが、そのバカバカしさに気づいて、鞘からナイフを引き抜《ぬ》いた。

しかし、靴ひもを切る前にそれは起こった。自分自身がしでかした失敗だった。たき火をするなら、トウヒの木の下など選ぶべきではなかったのだ。開けた場所でするべきだった。しかし、下ばえから枝《えだ》を引き抜《ぬ》き、そのまま火にくべられる便利さを選んでしまった。

男がたき火をしたトウヒの枝には雪がたっぷり積もっていた。ここ何週間も強い風が吹《ふ》かなかったので、枝々は限界《げんかい》まで雪をたくわえていた。

男が枝を一本引き抜くたびに、その木にわずかな刺激《しげき》を与《あた》えていた。それまでは、男が気づかないほどささやかな刺激だったのだが、あと一度の刺激で悲劇《ひげき》をもたらすには十分なところまで達していた。

その木の高いところで、一本の枝が積もっていた雪を下に落とした。その雪は、下の枝々の上に落ちて、そこからも雪が落ちる。この動きが連鎖《れんさ》して、木全体にまで広がってしまった。

なんの警告《けいこく》も与えずに、とつぜん、男とたき火の上に雪がなだれ落ちてきた。そして、火はたちまち消えてしまった！　一瞬《いっしゅん》前までたき火のあった場所には、雪の山が乱雑《らんざつ》にふり積もっていた。

男はショックを受けた。これは死刑《しけい》の宣告《せんこく》をきいたのとおなじことだ。しばらくのあいだ、男はそれまでたき火のあった場所を呆然《ぼうぜん》と見つめていた。それから、急に落ち着きを取りもどした。サルファー・クリークの年寄《としよ》りは正しかった。もし、いっしょに旅をする仲間がいたならば、いま、こんな危険《きけん》な目に合うことはなかっただろう。その仲間が火をおこしてくれたはずだ。

しかたがない。もう一度、自分ひとりで火をおこさなければならない。そして、二回目は失敗は許《ゆる》されない。たとえ、もう一度たき火をおこすことができたとしても、足の指は何本か失うことになるだろう。いまでも、足の凍傷《とうしょう》は相当まずいことになっているのに、もう一度火をおこすまでにはかなりの時間がかかってしまうだろうから。

男はそんなことを考えていたのだが、ただじっとすわっていたわけではない。いろいろ考えながらも、新しいたき火の土台作りにいそがしかった。今度は、火をかき消してしまう裏切《うらぎ》り者の木などない、開けた場所にだ。

土台づくりが終わると、乾《かわ》いた草と、増水《ぞうすい》で寄《よ》せ集められた細い木の枝《えだ》を集めた。指でつまむことはできなかったが、手のひらでつかむことはできた。そんな集め方なので、腐《くさ》った枝や緑のコケなど、望ましくないものもたくさんまじってしまったが、それでも、それが精一杯《せいいっぱい》だ。

男は機械的に働いた。あとで火が強くなってから使うすこし太めの枝も、あらかじめひと抱《かか》えほど集めた。

そのあいだずっと、犬はただおすわりをして男を見ていた。火を提供《ていきょう》してくれるありがたい人として、あこがれるような、祈《いの》るような目つきで。しかし、火はなかなかやってこない。

すべての準備《じゅんび》が整うと、男は白樺《しらかば》の皮の繊維《せんい》を取りだそうと、ポケットに手をつっこんだ。そこにあるのはわかっているのに、指にはなにも感じない。だが、手さぐりするにつれて、カサコソという乾いた音はきこえる。どんなにがんばっても、木の皮をつかむことはできない。

そのあいだも、頭のなかでは、この一刻一刻《いっこくいっこく》にも足が凍《こお》っていくのはわかっていた。そのせいで、パニックを起こしてしまいそうだ。それでも、必死でおさえて冷静さを保《たも》とうとする。

男は歯を使ってミトンをはめると、両腕《りょううで》をはげしくふりまわし、手を体の両脇《りょうわき》に力いっぱいたたきつけた。すわってはたたき、立ち上がってはまたたたく。

そのあいだも、犬は雪の上におすわりをして、オオカミのようなふさふさのしっぽで前足を覆《おお》ってあたため、オオカミの耳のような形の耳をそばだてて、男のようすを熱心にうかがっていた。

男は、腕《うで》をふりまわして手を体にたたきつけながら、寒さから身を守るように生まれついた、毛皮に覆われた犬が、うらやましくてしかたがないと思っていた。

しばらくたって、ようやくたたきつけている指先に薄《うす》ぼんやりと感覚がもどってきたことに気づいた。かすかなジンジンする感覚はどんどん強くなって、やがてはがまんできないぐらいの痛《いた》さになった。だが男は、それを心からよろこんだ。

右手のミトンをはずすと、白樺《しらかば》の皮をつまみだした。外気にさらされた指の感覚はたちまちなくなっていく。次にマッチをひとつかみ取りだした。しかし、あまりの寒さに、指ははやくもまったくいうことをきかなくなっている。マッチの束から一本だけつまもうとするのだが、束ごと全部雪の上にぶちまけてしまった。雪のなかから拾い上げようとしても、うまくいかない。感覚のない指では、触《さわ》ることもつまむこともできない。とてつもない不安が襲《おそ》いかかる。

凍《こお》った足や鼻、頬《ほお》も、いまは意識《いしき》から追いだして、全身全霊《ぜんれい》をマッチに集中させる。男は見た。触覚《しょっかく》の代わりに視覚《しかく》を使って、二本の指のあいだにマッチがあるのを確《たし》かめ、指を閉《と》じた。いや、閉じようとした。だが、神経《しんけい》が遮断《しゃだん》されてしまっているので、指はいうことをきいてくれない。

男は右手にミトンをはめると、またしても、はげしくひざにたたきつけた。それから、ミトンをつけたままの両手で、マッチの束を雪ごとすくいあげ、ももの上にのせた。まだまだ苦難《くなん》はつづく。

苦心の末、ミトンをはめた両手のつけ根の手首のあたりで、ようやくマッチを何本かまとめてはさみこんだ。そして、それを口に近づける。無理矢理口をあけようとすると、口のまわりの氷が音を立ててくだけた。男はあごを引き、上唇《うわくちびる》をめくりあげ、前歯でマッチの束から一本だけを抜《ぬ》き取ろうとする。なんとか取れたと思ったら、それはひざの上に落ちてしまった。

このままではまずい。そのマッチを指で拾い上げることはできない。そこで工夫をした。顔を近づけ口にくわえて、足にこすりつけたのだ。二十回もくり返したところで、ようやく火がついた。燃《も》えるマッチを口にくわえたまま白樺《しらかば》の皮に近づける。炎《ほのお》はめらめらと上がり、硫黄《いおう》の煙《けむり》が鼻の穴《あな》から肺《はい》にまではいりこんだ。男ははげしく咳《せ》きこんだ。マッチは雪の上に落ち、火は消えてしまった。

サルファー・クリークの年寄《としよ》りは正しかった。男はおさえた絶望感《ぜつぼうかん》のなかでそう思った。マイナス四十五度より下がったら、旅するときには相棒《あいぼう》がいる。男は手をたたきつけたが、ほんのわずかでも感覚をよびもどすことはできなかった。

おもむろに、男は両手のミトンを歯ではずした。そして、両手の手首のところでマッチをまとめてはさんだ。腕《うで》はまだ凍《こお》りついていないので、マッチをしっかりはさむことはできる。次にそのマッチを脚《あし》にこすりつけた。マッチに火がついた。一度に七十本のマッチが燃え上がった！　炎を消すような風は吹《ふ》いていない。男は煙をよけて首をかしげ、燃え上がるマッチの束を白樺の皮に近づけた。

そうやって、マッチを捧《ささ》げ持っていると、手に感覚がもどってきたのに気づいた。手が焼けている。肉が焼けるにおいもする。ずっと奥深《おくぶか》いところでそれを感じる。その感覚はやがて鋭《するど》い痛《いた》みに発展《はってん》した。それでも、がまんしてマッチをはさんだまま、不器用に木の皮に近づけるのだが、焼けている手があいだにあって、炎のほとんどを引き受けているため、なかなか火はつかない。

ついに耐《た》えられなくなって両手をはなした。炎を上げるマッチは雪の上に落ちてジュッと音を立てて消えた。それでも、木の皮には火がついた。

男は乾《かわ》いた草といちばん細い枝《えだ》をその上にのせはじめた。選んでなどいられない。両手の手首ではさむしかないのだから。腐《くさ》った木端《こっぱ》や緑のコケが枝にからみついているので、できるだけ、口で取りはらう。男は火を慎重《しんちょう》に、臆病《おくびょう》に大事にした。この火は命なのだから。決して絶《た》やしてはならない。

体の表面に血がまわらなくなったせいで、男はがたがたとふるえだした。そのせいで、いっそう気が弱くなる。大きなコケのかたまりが、小さな火の上にドサッと落ちてしまった。指でつつきだそうとするが、体がふるえているので強くつつきすぎて、小さなたき火の中心をかき乱《みだ》してしまった。燃《も》えている草や細い枝《えだ》がばらばらに散ってしまった。もう一度寄《よ》せ集めようとするのだが、懸命《けんめい》にがんばっても、体のふるえがじゃまをして、木の枝を絶望的《ぜつぼうてき》なまでに散らしてしまった。

燃えていた枝は煙《けむり》を上げて消えてしまった。火の提供者《ていきょうしゃ》は失敗してしまった。自分自身を冷ややかに見ながら、男はふと犬を見た。残骸《ざんがい》となったたき火のむこう側《がわ》、雪の上におすわりをして、しきりに落ち着きのない動作をしている。前足の片方《かたほう》をすこし上げ、今度は反対側を上げ、体重をうしろにかけたり前にかけたりしながら、懇願《こんがん》するような目で男を見ている。

犬を見ていて、荒々《あらあら》しい考えが浮《う》かんだ。ブリザードに襲《おそ》われた男の話を思い出したのだ。その男は子牛を殺して、その死体のなかにもぐりこんで助かったというのだ。この犬を殺して、感覚がもどってくるまで、暖《あたた》かい体に手をつっこむというのはどうだろう？　そうしたら、また火をおこせばいい。

男は犬に話しかけ、呼《よ》び寄せようとしたが、それまでにきいたことのないような男のおびえた声の響《ひび》きに、犬は恐《おそ》れをなしていた。なにかがおかしい。それに、生まれついての本能《ほんのう》が危険《きけん》を感じている。どこにどんな危険があるのかはわからないが、頭でそれを察知《さっち》していた。犬は耳を伏《ふ》せて、男の声にきき入り、さらに落ち着きなく前足を上げたり下げたりの動作をくり返したのだが、男にはなにも伝わらなかった。

男はよつんばいになって犬に近づいた。この目新しい姿勢《しせい》がさらに疑《うたが》いを呼び起こして、犬はじりじりと男との距離《きょり》を保《たも》った。

男は雪の上にすわり直して、なんとか落ち着こうとした。それから、歯で両手にミトンをはめると立ち上がった。ほんとうに立ち上がっているのを確《たし》かめるために、ちらっと足元に目をやる。足が雪の上に立っているという感覚がまるでなかったからだ。男が立ち上がったのを見て、犬のなかのぼんやりした疑いも晴れてきた。さらにまるで鞭《むち》の音のような鋭《するど》い声で横柄《おうへい》に語りかけるのをきいて、犬のなかに忠誠《ちゅうせい》心《しん》がもどってきて、男の元にかけ寄《よ》った。

犬が男の手が届《とど》くところまで近づいたところで、男は自制心《じせいしん》を失った。男は犬にむかって両手を勢《いきお》いよく差しだしたのだが、自分の手がなにもつかんでいないこと、さらには、自分の指が曲がっていないこと、感覚がないことに、改めて心からおどろいた。その瞬間《しゅんかん》まで、指が凍傷《とうしょう》にかかっていることも、それがどんどん悪化していることも忘《わす》れていたのだ。それらが起こったのは一瞬《いっしゅん》のことで、男は腕《うで》をからませて、逃《に》げようとする犬の胴体《どうたい》をおさえた。男は犬を抱《だ》きかかえたまま、雪の上にすわった。犬はうなったり、情《なさ》けなく鼻を鳴らしたり、逃げようともがいたりした。

しかし、男にできたのはそこまでだった。ただ、犬を腕でかかえて、すわっている。自分にはこの犬を殺せない。そんなことができるわけがない。感覚のない手ではナイフを握《にぎ》ることも鞘《さや》から抜《ぬ》くこともできないし、犬の首をしめることだってできない。

男は犬を放した。犬は、しっぽをうしろ足のあいだに巻《ま》いて、うなりながら大あわてで男からはなれた。犬は十メートルほどはなれたところで立ち止まり、耳をそばだてたまま、興味《きょうみ》深げに男を観察《かんさつ》した。

男は自分の手がどこにあるのか確《たし》かめようと目を落とし、それがまだ腕の先端《せんたん》についているのを発見した。自分の手がどこにあるのかを確かめるために、わざわざ目を使わなければならないようなことがあるなんて、自分でもショックだった。

男は両腕《りょううで》を前にうしろにふって、ミトンをはめた手で自分の体をたたきはじめた。それを荒々《あらあら》しく五分ほどつづけると、心臓《しんぞう》が体の表面に血を送ってよこしたので、ふるえが止まった。それでも、両手の感覚はまったくもどらない。両手は重りのように腕の先にぶらさがっているような気がするのだが、いざ、その印象《いんしょう》を確かめようとすると、とたんにほんとうにそうなのかわからなくなる。

ぼんやりとした、重苦しい死の恐怖《きょうふ》が、急に押《お》し寄せてきた。もはや、手の指やつま先の凍傷や、手足を失うかもしれないという事態《じたい》にとどまらず、生きるか死ぬかの問題なのだとわかるにつれて、その恐怖《きょうふ》は心の奥底《おくそこ》にまでしのびこんでくる。男はパニックに陥《おちい》って、川沿《かわぞ》いの古くてかすかな道をたどって走りはじめた。犬もうしろから追いついた。男はなにも考えず、ただがむしゃらに走っている。これほどの恐怖を感じたことはいままで一度もなかった。

雪をかき分けてもがき進むうちに、ゆっくりとだが、ふたたび男の目にまわりの景色が見えてきた。川の土手、古い流木の寄《よ》せ集め、丸裸《まるはだか》のポプラ、そして空。走ったことですこし気分がよくなった。体もふるえていない。このまま走りつづければ、凍《こお》った足も溶《と》けるかもしれないし、ずっと走っていけば、仲間の待つキャンプ地にたどりつけるかもしれない。手や足の指の何本かと顔の一部を失うのはまちがいないだろうが、キャンプ地に着きさえすれば、仲間がめんどうを見てくれて、命だけは助かるだろう。

それと同時に、もうひとつの考えがよぎった。仲間のいるキャンプ地にはたどり着けるわけがない。あまりにも遠いし、この恐《おそ》ろしい寒さにかかれば、すぐに全身が凍りついて、死んでしまうだろう。その考えをなんとか奥におしこんで、考えないようにした。ときどき浮《う》き上がってきては、語りかけてくるが、なんとかおさえこんで、ほかのことを考えようとする。

足が雪の表面に着く感覚も、自分の体重が乗る感覚もないほど、凍傷《とうしょう》にやられているというのに、それでもちゃんと走っていることが、自分でも不思議だった。なんだか、雪の表面をすべっているようで、雪面との接触《せっしょく》があるようには感じない。むかしどこかで足に翼《つばさ》の生えたギリシャ神話の神様の絵を見たことがあるが、あの神様は、きっといまの自分が感じているように地表をすべるように飛んでいたにちがいない。

キャンプ地まで走りつづけるという案には、ひとつ難点《なんてん》があった。男にはもう体力が残っていないという点だ。男は何度もつまずき、ふらつき、くずおれ、ばったり倒《たお》れた。立ち上がろうとしても無理だった。腰《こし》をおろして一休みするしかないと決めた。次に立ち上がったときには、そのまま歩きつづければいいだけのことだ。

すわって息を整えていると、体がポカポカと暖《あたた》かく、とても気分がいいことに気づいた。体のふるえもないし、暖かさは体の芯《しん》からわき上がっているような気がする。それでも、鼻や頬《ほお》に触《ふ》れてもなにも感じない。走ったからといって、溶《と》けたわけではないようだ。

それから、凍傷《とうしょう》にかかった部分が増《ふ》えているのではないかと思い当たった。そんな考えはおさえつけて、忘《わす》れなければ。なにかほかのことを考えるんだ。パニックが起こりそうな感じはある。そして、男はパニックになることを恐《おそ》れていた。

しかし、凍傷が拡大《かくだい》しているのではないかという考えは、おさえてもおさえても、わき上がってきて、ついには自分の体全部が凍《こお》ってしまう姿《すがた》まで思い描《えが》いてしまう。いたたまれなくなって、男はまた走りはじめた。じきに足が止まって、歩く速さになるのだが、凍傷が広がっているという思いにかきたてられて、また走りだす。

そのあいだ、犬はずっとぴったりうしろについてきていた。男が二度目に倒《たお》れたとき、犬はしっぽで前足を覆《おお》って男の目の前におすわりをして、男の顔を興味《きょうみ》深げに、熱心に、なにかいいたげに見つめた。犬が暖かそうで、元気なことに男は腹《はら》を立てた。男は、犬の耳が困ったように伏《ふ》せられるまで、犬にむかってののしり声をあげつづけた。

男に、全身のふるえが急に襲《おそ》いかかってきた。男は寒さとの戦いに敗れようとしていた。寒さは男の全身のあらゆる部分にしのびよってくる。その思いに急《せ》きたてられて、また走りはじめても、百歩も進まないうちに足がもつれ、大の字に倒れこんでしまった。それが最後のパニックだった。

息が整い、気持ちが落ち着くと、男は体を起こして、尊厳《そんげん》を保《たも》った死を迎《むか》えるということを考えはじめた。ことばとして、そんな風に考えたわけではない。考えていたのは、自分はまるで、首を切り落とされたニワトリががむしゃらに走りまわるみたいに滑稽《こっけい》な真似《まね》をしていたな、ということだった。どっちみち、凍死は避《さ》けられない。それなら、その死をきちんと受けいれよう。

この新しく得られた心の平安は、眠気《ねむけ》の最初の気配のなかで浮《う》かび上がってきた。

こいつはいいぞ。男は思った。眠《ねむ》ったまま死ぬんだ。全身麻酔《ますい》を受けるようなものじゃないか。凍死《とうし》は思ったよりも悪くない。もっとひどい死に方ならいくらでもある。

男は、明日になって、仲間たちに死体を発見されるところを想像《そうぞう》した。その仲間たちのなかに、なんと自分もいる。道を歩いてきて、自分自身を発見するのだ。仲間たちといっしょにいるのに、道を曲がったところで、雪のなかに倒《たお》れている自分を見つける。自分はもはや、自分ではなく、そのときには自分の外にいて、仲間たちといっしょに、雪に横たわる自分を見ている。

寒さのせいだなと思った。アメリカに帰ったら、あそこの連中にほんとうの寒さを教えてやろう。そんなことを考えているうちに、いつのまにかサルファー・クリークで出会った年寄《としよ》りが目の前にいる。暖《あたた》かそうで、ご機嫌《きげん》なようすでパイプをふかしている姿《すがた》が鮮明《せんめい》に見える。

「なあ、じいさん、あんたは正しかったよ。あんたは正しかった」男はサルファー・クリークの年寄りに語りかけた。

そこで男は睡魔《すいま》にひきずりこまれた。それはそれまでのどの眠りよりも快適《かいてき》で満足のいく眠りだった。犬はおすわりしたまま待っている。短い昼が終わって、長い闇夜《やみよ》がゆっくりとやってくる。火がおこされる気配はない。それに、こんな風に雪のなかにすわりこんで、火をおこそうともしない人間を、犬は一度も見たことがなかった。

暗闇《くらやみ》が深くなるにつれて、犬は猛烈《もうれつ》に火を恋《こ》い焦《こ》がれた。犬は前足を交互《こうご》に持ち上げたり、動かしたりしながら、クーンと静かに鳴いてみた。耳は人間にしかられることを予測《よそく》して、伏《ふ》せている。しかし、人間は黙《だま》ったままだ。今度は大きな声でクーンと鳴く。それから、人間にそっと近寄《ちかよ》ってみると、死のにおいをかぎ取った。そのにおいにたじろぎ、犬はあとずさりした。

そのすぐあと、星々がまたたき、明るく輝《かがや》く寒々とした空の下、犬は遠吠《とおぼ》えの声をあげた。それから、キャンプ地がある方向にむかって、小走りで道を進みはじめた。あそこにいけば、食べ物をくれて、火をおこしてくれる別の人間がいる。

王に捧《ささ》げる鼻

A Nose for the King

鮮《あざ》やかなる朝、朝鮮《ちょうせん》の名にふさわしい平和で静かな都、高麗《コリア》に、イ・チンホという政治家が住んでおりました。嘘《うそ》かまことか、すぐれた人物だといわれており、おそらくは、世界中のどの政治家とくらべても、決して見劣《みお》りすることはありませんでした。

ところが、他国の政治家とはちがい、イ・チンホは獄中《ごくちゅう》にありました。公《おおやけ》のお金を密《ひそ》かに自分のふところにいれていただけでなく、その額《がく》があまりに大きかったせいなのです。なにごとも、やりすぎに対する風当たりは強いもので、それは当然、横領《おうりょう》にもあてはまり、イ・チンホはやりすぎのせいで、たいへん苦しい立場に追いこまれたというわけでございます。

国に対して一万緡《いちまんびん》、つまり、穴《あな》あき貨幣《かへい》を束にしたもの一万本分のお金を返さねばならないばかりか、死刑《しけい》の宣告《せんこく》を受けて投獄《とうごく》されておりました。さいわい、考える時間だけはたっぷりありましたから、イ・チンホは考えに考えました。そして、ついに看守《かんしゅ》を呼《よ》び寄《よ》せます。

「尊《とうと》きお方よ、ご覧《らん》の通り、ここにおりますは、あわれな男にございます」イ・チンホは語りはじめました。「しかしながら、今宵《こよい》、ほんの小一時間、わたしを自由にしてもらえるならば、あなたに大いなる未来が訪《おとず》れることを約束しましょう。いずれは、朝鮮全域《ぜんいき》の監獄《かんごく》を取り仕切る立場につくこともできるでしょう」

「いまさらなにをいう」看守はいいます。「バカバカしい話だ。ほんの小一時間もすれば、あんたの首は、はねられてしまうかもしれないんだぞ！　それに、おれには年老いただいじな母親がいるし、女房《にょうぼう》も幼《おさな》い子どもたちもいるんだ。ふざけるなってんだ。とんでもないやつだな！」

「この神聖《しんせい》な都から、国の果てまで、わたしが身をかくすところなど、どこにもないではありませんか。わたしには知恵《ちえ》があります。しかしながら、ここにいたのでは、その知恵《ちえ》なぞ、なんの役に立ちましょう？　ただ、自由の身になりさえすれば、国に返すお金を手にいれる方法もあるのです。わたしは、わたしをこの苦境《くきょう》から救《すく》ってくれる鼻を知っているのです」

「鼻だと！」看守《かんしゅ》は大声をあげました。

「その通り。鼻なのです」イ・チンホはいいます。「おどろくべき鼻、この上なくすばらしい鼻といってもいいでしょう」

看守はあきれたように両手を広げました。「あんたはバカだよ。ほんとにバカだ」そういって笑います。「あんたのそのすんばらしいオツムが、いまにちょん切られるとはな！」

看守はそれだけいうと、そっぽをむいて歩き去ってしまいました。しかし、看守は情《じょう》にもろく、深く考えるたちでもありませんでしたので、夜がふけるとイ・チンホを放してやったのです。

イ・チンホはまっすぐに知事の元へかけつけ、ひとりで眠《ねむ》っているところを起こしました。

「まさか、イ・チンホか!」知事は叫《さけ》びました。「打ち首台に登るのを監獄《かんごく》で待っているはずのおまえが、いったいどういうことなんだ?」

「閣下《かっか》、どうかおききください」イ・チンホは知事の寝台《しんだい》のかたわらにしゃがみこむと、煙管《キセル》に火をつけました。「死人にはなんの価値《かち》もございません。なるほどわたくしは、死人同然の身。国にとってなんの価値もございません。しかしながら、もしも、閣下がわたくしめを自由の身にしてくださいますのなら……」

「たわけたことをいうな!」知事は叫びます。「そもそもおまえは、死刑の宣告《せんこく》を受けているのだぞ!」

「しかし、わたくしめが一万緡《いちまんびん》を返すことができましたなら、国もわたくしを放免《ほうめん》するであろうことは、閣下もよくご存知《ぞんじ》のはず。そこで、折り入ってお願いもうしあげるのです。知恵深き人として、ほんの数日わたくしを自由にしてくださいますならば、国にはすっぱり返却《へんきゃく》を果たします。そして、きっときっと閣下のお役に立ちましょう。閣下《かっか》に誠心誠意《せいしんせいい》、お仕えいたしましょう」

「その金を手にいれる計画などあるのか？」

「もちろんございます」

「ならば、明晩《みょうばん》、もう一度やってくるがいい。そのときにきこう。いまは眠《ねむ》くてたまらんのだ」知事はそういうと、たちまち眠りに落ちて、中断《ちゅうだん》されていたいびきをふたたびかきはじめました。

その翌日《よくじつ》の夜、もう一度、看守《かんしゅ》から外出を許《ゆる》されたイ・チンホは、知事の枕元《まくらもと》にあらわれました。

「おまえだな、イ・チンホ？」知事が問います。「それで、計画は？」

「はい、閣下。お持ちしました」

「話すがいい」

「はい、その計画は、こちらにございます」

知事は体を起こして、目を開きました。イ・チンホは手に持っていた紙を差しだします。

知事はその紙を明かりの下に広げました。

「ただの鼻の絵ではないか」

「いささかとがってはおりますが、その通り、鼻にございます」

「確《たし》かに、あちこちとがっているようだな」

「その上、とても大きな鼻にございます。しかして、それらがすべてあいまって

……」イ・チンホはつづけます。「閣下、このような鼻は何日もかけて、はるかかなたまで探《さが》し求めても見つかるものではありません」

「珍奇《ちんき》なる鼻だ」知事も認《みと》めます。

「さらにいぼもございます」とイ・チンホ。

「まったく珍《めずら》しい。このような鼻は見たことがないわ。しかし、この鼻をいったいどうしようというのだ？」

「この鼻を見つけだしまして、国にお金を返します。わたくしは閣下にお仕えする

ためにこの鼻を見つけだしましょう。わたくしは、このままでは価値《かち》がなくなってしまうわたくしの頭を救《すく》うために、この鼻を見つけだしましょう。どうか、この鼻の絵に、閣下《かっか》の印章《いんしょう》をいただきとうございます」

知事は笑いながら印章を押《お》し、イ・チンホは旅立ちました。一か月と一日、東の海岸にむかう王の道を進み、ある夜、豊《ゆた》かな都市のいちばん大きな屋敷《やしき》の門にたどりつくと、音高く扉《とびら》をたたき、なかにいれてくれるよう求めました。

「この家の主人に会いたい」おびえる使用人にむかって、イ・チンホはきびしい口《く》調《ちょう》でそういいました。「余《よ》は王の使命を帯びてやってきたのだ」

イ・チンホはただちに屋敷のなかに案内されました。そこへ、眠《ねむ》っているところをたたき起こされた主人が、目をしばたたきながら現《あらわ》れます。

「この街の首長、パク・チュンチャンだな」責《せ》め立てるような調子《ちょうし》でイ・チンホがいいます。「余は王の使命を帯びてやってきた」

パク・チュンチャンはぶるぶるふるえます。王の使命などというものは、おそろしいものと決まっているからです。ひざががくがくふるえ、いまにも卒倒《そっとう》しそうです。

「ずいぶん、遅《おそ》い時間です」ふるえる声でやっとそういいます。「よろしければ、また明日にでも……」

「王の使者を待たせるというのか！」イ・チンホはどなりつけます。「すぐさま、ふたりだけにしてほしい。おまえと内密《ないみつ》に話したいことがあるのだ。くり返すが、余は王の使者なのだぞ」さらにきびしい口調でいいます。パク・チュンチャンの力のはいらない指から銀の煙管《キセル》がこぼれ、音を立てて床《ゆか》に落ちました。

「ここだけの話なのだが」ふたりきりになると、イ・チンホが語りはじめます。

「王はご病気なのだ。おそろしい病で治療法《ちりょうほう》もなく、宮廷《きゅうてい》付きの医者たちも首を切り落とすほか、王の苦しみを救う道はないといっておる。国のすみずみから医者たちが王のもとにかけつけ、賢明《けんめい》なる討議《とうぎ》の末、王を救うことができるのは、ある種の鼻以外にはないという結論《けつろん》に達したのだ。ある格別《かくべつ》な鼻だ。

そこで、首相からじきじきに余《よ》が呼《よ》び寄《よ》せられたというわけだ。首相は余に一枚《まい》の紙を手わたした。その紙には、国中の医者《いしゃ》たちがよってたかって描《か》き上げた非常《ひじょう》に珍《めずら》しい鼻の絵があった。その紙には知事の印章《いんしょう》もある。

『さあ、行くがよい』首相はそうおっしゃった。『王を苦しみから救《すく》うために、この鼻を見つけだしてこい。そして、どこであれ、この鼻を見つけ次第《しだい》、すぐさま切り落とし、急ぎ宮廷《きゅうてい》までもどってくるのだ。そうすれば、きっと王は癒《いや》されるであろう。さあ、行くがよい。この鼻を見つけるまで、決して帰ってくるではないぞ』

こうして、余は旅立ったのだ」イ・チンホがいいます。「八つの街道を行き、八つの州のすみずみまでめぐり、八つの海をわたり、いま余はここにいるのだ」

イ・チンホは大げさな身ぶりで腰帯《こしおび》から一枚の紙を取りだすと、ばたばたと音を立てながら、パク・チュンチャンの目の前に広げます。そこにはあの鼻の絵が描かれていました。

パク・チュンチャンは目玉を飛びださんばかりにして、その絵を見つめました。

「わたしの鼻とは似《に》ても似つきません」

「ここにいぼがあるだろう」イ・チンホがいいます。

「わたしの鼻とは似ても……」パク・チュンチャンがもう一度いおうとしました。

「おまえの父親をここにつれて参れ」イ・チンホが鋭《するど》く口をはさみます。

「わたしの年老いた敬《うやま》うべき父は、眠《ねむ》っております」

「とぼけるでない！」イ・チンホがいいます。「これがおまえの父親の鼻であることはわかっているだろう。さあ、父親をここにつれてくるのだ。鼻を切り落としたなら、すぐさまここから立ち去ってやろう。さあ、いそげ。さもなければ、おまえのことをどう報告《ほうこく》されてもいいのか」

「それればかりはお許《ゆる》しください！」パク・チュンチャンはひざまずいていいました。「どうかご慈悲《じひ》を！　父の鼻を切り落とすなど、あまりにも無茶にございます。鼻もなしに墓場《はかば》になど、行けるものでしょうか？　父は物笑いの種になってしまい、わたしは昼も夜も嘆《なげ》き悲しむことになってしまうでしょう。どうかお考え直しを！

どうか、国中探《さが》しても、そのような鼻は見つからなかったとご報告《ほうこく》ください。あなたさまにもお父上はいらっしゃるでしょう!」

パク・チュンチャンはイ・チンホのひざにすがりついて、さめざめと泣きはじめました。

「不思議なことなのだが、おまえの涙《なみだ》に心を打たれたぞ」イ・チンホがいいます。

「余《よ》にも、父親を敬《うやま》う心はあるのだ。それにしても……」イ・チンホはいいよどみましたが、心の内を明かすように大声でつけ加えました。「この使命を果たさねば、余の首にも値段《ねだん》がつけられておるのだ」

「それはいかほどで?」パク・チュンチャンがか細い声でたずねます。

「大したものではない。バカバカしいほどの価値《かち》しかない首で、たかだか十万緡《じゅうまんびん》といったところだ」

「その額《がく》、おだししましょう」パク・チュンチャンが立ち上がっていいました。

「運ぶには馬も必要だし、山を越《こ》えるには護衛《ごえい》もいるだろう。山賊《さんぞく》がでるかもしれないからな」

「確《たし》かに山賊はでるかもしれません」パク・チュンチャンが悲しそうにいいました。「しかしながら、あなたさまのお望みどおりにいたしましょう。わたしの年老いた敬うべき父の鼻が、ふさわしい場所にありつづけることができるのでありますならば」

「この話、ほかのだれにももらしてはならぬぞ」イ・チンホがいいます。「さもなければ、余以上に王に忠実《ちゅうじつ》なものが送りこまれて、かならずやおまえの父親の鼻を切り落としていくだろう」

こうしてイ・チンホは山を越えて都へと帰っていきました。国に返す額の十倍もの宝《たから》を積んだ馬の鳴らす鈴《すず》の音をききながら、心うきうきと鼻歌交じりの旅でした。お話しすることは、もうあまりありません。イ・チンホはその後何年も豊《ゆた》かに暮《く》らしました。イ・チンホのはからいで、あの看守《かんしゅ》は朝鮮全域《ちょうせんぜんいき》の監獄《かんごく》を取り仕切る立場に就《つ》きました。知事はやがて、都へとおもむき、王の首相にまで登りつめました。

イ・チンホは王のお気に入りのとりまきとなり、生涯《しょうがい》、王の食卓《しょくたく》のかたすみを占《し》めることになりました。しかし、パク・チュンチャンは、年老いた敬《うやま》うべき父親の、とてつもなく高くついた鼻を目にするたび、目に涙《なみだ》を浮《う》かべながら、悲しげに首を左右にふるのでした。

マーカス・オブライエンの行方

The Passing of Marcus O'Brien

「本法廷《ほうてい》が下した判決《はんけつ》は、ですね、被告人《ひこくにん》のこの村からの追放であります。えーっと、その、いつもの慣例《かんれい》にしたがった方法で……」

うわの空で判決をいいわたすマーカス・オブライエン裁判官《さいばんかん》を、マクラク・チャーリーが肘《ひじ》で小突《こづ》いた。マーカス・オブライエンは咳払《せきばら》いをしてつづけた。

「今回の犯罪《はんざい》の程度《ていど》と、状況《じょうきょう》やなんかを考えあわせた結果、本法廷は、被告人に三日分の食糧《しょくりょう》を与《あた》えた上での追放をいいわたす。それが、いいんじゃないかな、とわたしは思うのであります」

アリゾナ・ジャックはきびしい目つきでユーコン河《がわ》を見た。ユーコン河はチョコレート色になって水量を増《ま》し、幅《はば》も一・五キロほどにもなり、その深さは想像《そうぞう》もできない。いまアリゾナ・ジャックが立っている河の土手は、ふだんなら水面から三、四メートルの高さにあるのだが、いまはいちばん上にまで水が押《お》し寄《よ》せ、刻一刻《こくいっこく》と土手の土を削《けず》り取っている。さらわれた土は途絶《とだ》えることなく渦巻《うずま》く茶色の河に飲みこまれていく。もう何センチか水位が上がれば、土手を乗り越《こ》えて、レッドカウの村は飲みこまれてしまうだろう。

「そりゃあないぜ」アリゾナ・ジャックが吐《は》き捨《す》てるようにいった。「三日分じゃすくなすぎる」

「マンチェスターのことを思うといい」マーカス・オブライエンはいかめしい調子《ちょうし》でいった。「やつは食糧なしで追放されたんだぞ」

「それでもって、ローワー川の岸に打ち上げられた死体が見つかったんだったな。半分ほど野良犬に食われた姿《すがた》でよ」アリゾナ・ジャックが反論《はんろん》した。「それに、やつはなんの挑発《ちょうはつ》も受けないで殺しやがったんだ。ジョー・ディーブスはなんにもしちゃいない。一声さえずることだってしなかった。なのに、マンチェスターの野郎《やろう》は腹《はら》ぐあいが悪いってだけでジョーを殺したんだぞ。なあ、オブライエンさんよ、はっきりいわしてもらうが、こんなの不公平じゃないか？　せめて、一週間分たのむよ。それなら、なんとか生きぬける。だが、三日分じゃ、死んじまうよ」

「おまえは、どうしてファーガソンを殺したんだ？」オブライエンがたずねる。

「わたしは、挑発《ちょうはつ》も受けていない殺人は許《ゆる》せない。こんなものはなくさないといけないんだ。レッドカウは小さな村だが、いい村だ。むかしは殺人事件《じけん》なんて一切《いっさい》なかったもんだ。ところがいまじゃ、大はやりだ。なあ、ジャック、おまえには悪いが、ちゃんとしめしはつけなくちゃならない。ファーガソンは、殺されるほどおまえを挑発したとは思えんのだ」

「冗談《じょうだん》じゃない！」アリゾナ・ジャックが声を荒《あら》らげた。「オブライエンさんよ、あんたはなんにもわかってないんだ。あんたには芸術的感性《げいじゅつてきかんせい》ってもんがないんだ。なんでおれがファーガソンを殺したかって？　じゃあ、なんであの野郎《やろう》は、『わたしは小鳥になりたいの』なんてうたいやがったんだ？　おれはそれが知りたいよ。教えてくれよ。なんであいつは『小鳥よ小鳥』なんてうたったんだ？　小鳥なんざ、一匹《ぴき》でも十分だ。だが、おれだって一匹ならがまんできたさ。なのに、あの野郎は二匹分もうたいやがったんだぞ。あいつにはチャンスを与《あた》えてやったんだ。あいつに近寄《ちかよ》って、バカ丁寧《ていねい》にたのんだんだ。どうか、鳥は一匹だけにしてください、ってな。ちゃんと証人《しょうにん》だっているぞ」

「それに、ファーガソンの歌声ったら、ひどいもんだった」人ごみのなかからだれかがそういった。

オブライエンは迷《まよ》っているようだ。

「芸術的感性を持つ権利《けんり》はだれにでもあるだろ?」アリゾナ・ジャックがつづける。「ファーガソンにはちゃんと警告《けいこく》したんだ。あの野郎の小鳥の歌をききつづけるのは、おれの本性《ほんしょう》に反することだったんだよ。世の中には、音楽に対してもっともっと鋭《するど》い感性を持ったやつらがいるんだぜ。そいつらなら、ひとりどころか、しこたま人を殺すだろうさ。おれは芸術的感性を持っちまったつぐないはするつもりさ。自分のやったことにはちゃんと落とし前をつけるつもりだ。だけどな、食糧《しょくりょう》三日分ってのは、ひどすぎるんじゃねえか？　おれがいいたいのはそれだけだ。さあ、葬《そう》式《しき》の準備《じゅんび》をはじめてくれよ」

オブライエンはまだ迷《まよ》っている。そして、もの問いたげにマクラク・チャーリーを見た。

「そうですね、裁判官《さいばんかん》。食糧《しょくりょう》三日分というのは、少々きびしすぎるかもしれない。ただ、決めるのはあんただ。ここのみんなが、あんたをこの裁判所の裁判官に選んだんだからな。あんたの判断《はんだん》にはしたがいますよ。これまでもそうだったし、これからだってそうだ」

「すこしばかりきびしすぎたかもしれないな、ジャック」オブライエンはもうしわけなさそうにいった。「殺人には、ついついきびしくなりすぎてしまうんだ。食糧は一週間分にしよう」オブライエンは威厳《いげん》たっぷりに咳払《せきばら》いをすると、アリゾナ・ジャックに目をむけた。「さあ、さっさとすませてしまおう。ボートの用意はできている。ルクレアは食糧を手配してくれ。代金はあとではらうから」

アリゾナ・ジャックはほっとしたようすだ。「くそったれの小鳥どもめ」とかなんとかつぶやきながら、横腹《よこばら》を休みなく土手にぶつけているボートに乗りこんだ。荒削《あらけず》りのマツ材で作られた大きめのボートで、材木は数百キロはなれたチルクート峠《とうげ》のふもとにあるリンダーマン湖のほとりに立つ木を挽《ひ》いたものだ。ボートにはオールとアリゾナ・ジャックの毛布《もうふ》が積まれている。

ルクレアが小麦粉袋《ぶくろ》にはいった食糧を持ってきて、ボートに積みながらささやいた。「多めにいれといたからな、ジャック。あいつはたしかに挑発《ちょうはつ》してたよ」

「ボートをだしてくれ！」アリゾナ・ジャックが叫《さけ》んだ。

だれかがもやい綱《づな》をほどいて、ボートに投げいれた。ボートは流れにつかまって、もまれるようにして流れ去った。殺人犯《さつじんはん》はオールを握《にぎ》らず、船尾《せんび》の座板《ざいた》にすわると落ち着きはらってタバコを巻《ま》きはじめた。巻き終わるとマッチをすって火をつける。

土手に立つ見物人たちは、タバコの煙《けむり》が上がったのを見た。見物人たちは、ボートが一キロほど下った湾曲部《わんきょくぶ》をまわって見えなくなるまで見送った。こうして正義《せいぎ》は執行《しっこう》された。

レッドカウの住民は、自《みずか》ら法律《ほうりつ》を定めて、文明社会のようにもたもたすることなく、すばやく判決《はんけつ》を執行する。ユーコン河流域《がわりゅういき》には、自分たちで作った法律しかなかった。そうせざるを得なかったからだ。

レッドカウが栄えたのは一八八七年というかなり早い時期のことで、クロンダイクがゴールドラッシュにわいて、大勢《おおぜい》の人間が押《お》し寄《よ》せるなどとは、だれも想像《そうぞう》しなかったころのことだ。

レッドカウの人々は、自分たちの土地がアラスカに属《ぞく》するのか、カナダの北西準《じゅん》州《しゅう》に属するのかさえ知らなかった。アメリカかカナダかさえ、知らなかったということだ。測量士《そくりょうし》がやってきて、緯度《いど》や経度《けいど》を教えてくれる、ということもなかった。

レッドカウはユーコン河流域のどこかにある。住民にとっては、それで十分だった。国さえ定かではないのだから、どの司法権《しほうけん》にもあてはまらない。

自分たちの法律は自分たちで作った。そして、その法律はいたって単純《たんじゅん》なものだった。法律を執行するのはユーコン河だ。レッドカウから三千キロも下れば、ユーコン河は幅《はば》百五十キロにもわたるデルタ地帯を通ってベーリング海にそそぐ。その三千キロは手つかずの野生の土地だ。北極圏《ほっきょくけん》の内側でポーキュパイン川がユーコン河にそそぐ地点には、ハドソンベイ社の交易所《こうえきじょ》があるにはあるのだが、それとて、レッドカウからは何百キロもはなれている。

それに、そこからさらに何百キロか下ったところには、キリスト教の伝道所があるという噂《うわさ》があった。だが、これはあくまでも噂であって、そこを訪《おとず》れたことのあるレッドカウの住人はだれもいない。レッドカウの住人はチルクート峠経由《とうげけいゆ》で、もしくはユーコン河の源流《げんりゅう》経由でやってきた。

レッドカウの男たちは軽い犯罪《はんざい》など気にしない。酔《よ》っぱらって暴《あば》れたり、みだらなことばを放ったりするのは当然の権利《けんり》で、とやかくいうようなことだとは考えていない。レッドカウの男たちは個人主義者《こじんしゅぎしゃ》であり、神聖《しんせい》でおかしてはいけないものがふたつだけあると考えている。財産《ざいさん》と人の命だ。もし、女性《じょせい》がいれば、この単純《たんじゅん》な道徳《どうとく》だけではやっていけないかもしれないが、ここに女性《じょせい》はひとりもいない。

レッドカウにはちゃんとした丸太小屋は三つあるきりだ。四十人の男たちのほとんどは、テントか、みすぼらしい掘建《ほった》て小屋で暮《く》らしている。ここには犯罪者《はんざいしゃ》を監禁《かんきん》しておく牢屋《ろうや》はない。だれもが金鉱掘《きんこうほ》りや、金鉱探《さが》しにいそがしくて、牢屋を建てるのに一日でも使う暇《ひま》はない。そもそも、罪人《ざいにん》にただ飯を食わせるなど、とんでもない話だ。

こうして、他人の財産《ざいさん》や命を奪《うば》ったものは、ボートに乗せられて、ユーコン河《がわ》へと放りだされる。何日分の食糧《しょくりょう》が与《あた》えられるかは、罪《つみ》の重さによって変わる。ありきたりの盗《ぬす》みなら二週間分の食糧、度の過《す》ぎた盗みならその半分がいいところだ。殺人をおかしたものに食糧は与えられない。意図せずに人を死なせてしまった場合には、三日から一週間分の食糧が与えられる。食糧の量を定めるのは、裁判官《さいばんかん》に任命されたオブライエンの仕事だ。法律《ほうりつ》をおかした者にもチャンスが与えられるわけだ。

ユーコン河に流された犯罪者は、生きてベーリング海にたどりつけるかもしれないし、たどりつけないかもしれない。数日分の食糧があれば、いくらかでもチャンスはある。だが、食糧が与えられないとなると、それは死刑《しけい》の宣告《せんこく》に等しい。ただ、季節によって、まったく可能性《かのうせい》がないわけでもない。

アリゾナ・ジャックを追放して、見えなくなるまで見送ると、見物人たちはそれぞれ土手をはなれて仕事にもどった。ただし、カーリー・ジムだけは別だ。カーリー・ジムは北方の地で賭博場《とばくじょう》を経営《けいえい》しているただひとりの男で、見こみのありそうな鉱山《こうざん》への投機も手がけていた。

この日、とても重大なできごとがふたつ起こった。ひとつは、裁判の前、昼近くにマーカス・オブライエンの身に起こったことだ。オブライエンは、まず一ドル分、次に一ドル半、さらに二ドル分と、立てつづけに三度、採金用《さいきんよう》のふるいで金を手にいれた。オブライエンは金脈をあてたのだ。

カーリー・ジムはその穴《あな》にはいって、自分でも何度か金をふるいだしたのちに、オブライエンに一万ドルでその金鉱《きんこう》の権利《けんり》を買いたいと申し出た。半分は現金《げんきん》で、のこりの半分は賭博場《とばくじょう》の所有権《しょゆうけん》ではらうという申し出だ。オブライエンはこの申し出をことわった。オブライエンは地面から金を掘《ほ》りだすためにやってきたのだ。仲間からお金をもらうためではない。そもそも、オブライエンは賭博場がきらいだ。さらにいえば、自分が見つけたその金脈には、一万ドルよりもはるかに価値《かち》があると踏《ふ》んでいた。

ふたつ目のできごとが起こったのは午後のことだ。シスキュー・パーリーという男がボートでやってきて、土手に乗りつけた。ここにははじめてやってきた男で、四か月前の日付けの新聞を持っていた。そのほかには、カーリー・ジムに届《とど》けるウィスキー六樽《たる》だ。

レッドカウの男たちは仕事の手を止めた。男たちはカーリーのはかりではかったウィスキーを一杯《ぱい》一ドルで試飲しながら、新聞のニュースについて語り合った。

もし、カーリー・ジムがいかがわしい計画を思いつかなければ、なにもかもがうまくおさまるはずだった。カーリー・ジムは、まずマーカス・オブライエンを酔《よ》っぱらわせて、そのあとで金脈を買い取るという計画を立てた。

最初の部分はうまくいった。酒盛《さかも》りは夕方の早いうちからはじまって、九時になるころには、マーカス・オブライエンは陽気にうたうところまでいっていた。オブライエンはカーリー・ジムと肩《かた》を組んで、あろうことか、悲劇《ひげき》を招《まね》いたばかりのファーガソンの歌までうたいはじめる始末だ。オブライエンは自分が安全なことは承《しょう》知《ち》の上だった。レッドカウでただひとり芸術的感性《げいじゅってきかんせい》を持っていた男は、時速八キロのユーコン河《がわ》の急流の上なのだから。

しかし、カーリー・ジムの計画の後半部分はなかなかうまくいかない。どれほどのウィスキーを注《つ》ぎこんでも、金脈を売ることが、恩義《おんぎ》のある友好的な行為《こうい》だと、オブライエンに思いこませることはできなかった。

オブライエンがためらうところまでいったのは確《たし》かだ。何度も何度も、あやうくまるめこまれそうにはなった。それでも、ぼんやりした頭のなかで、オブライエンは自分自身を笑っていた。オブライエンはカーリー・ジムのゲームに参加して、自分の手の内のカードに満足していた。ウィスキーはうまい。六樽《たる》のなかでも特別の、ほかの五樽よりは十倍も上等なウィスキーなのだ。

シスキュー・パーリーがバーでレッドカウのほかの連中に酒を飲ませているあいだ、オブライエンとカーリーは、キッチンで商売がらみの酒宴《しゅえん》を行っていた。だが、オブライエンは堂々としたものだ。バーに顔をだすと、マクラク・チャーリーとパーシー・ルクレアをつれてもどってきた。

「わたしの仕事仲間なんだ、仕事仲間」オブライエンはふたりにはわざとらしいウィンクをし、カーリーには無邪気《むじゃき》に微笑《ほほえ》みながらいった。「いつも、ふたりに助けられてるんだ。ふたりの意見にはね。ふたりとも、大したやつなんだ。ふたりにも飲ませてやってくれないか、カーリー。そして、話を終わらせてしまおうや」

汚《きたな》いやり方だと思いながらも、カーリーはすばやくあの金脈の価値《かち》を思い返した。自分で洗《あら》いだした最後の金は、結局《けっきょく》、七ドル分にもなった。となりの部屋《へや》でなら一杯《ぱい》一ドルで売れる酒だとしても、それだけの価値はあると判断《はんだん》した。

「わたしは、さっぱり気が乗らないんだがね」オブライエンはしゃっくりをしながら、ふたりの友人に事情《じじょう》を説明した。「あの金脈を一万ドルで売るかって？　だれが？　このわたしが？　それはないな。わたしはね、自分の手で金を掘《ほ》って、神の国、南カリフォルニアに行くのさ。わたしのみじめな日々もそこで終わるんだよ。それでもって、わたしはね、はじめるんだ。ほれ、前にも話しただろ。わたしは、……なにをはじめるんだっけ？」

「ダチョウ農場だよ」マクラク・チャーリーが助け船をだした。

「そう、それそれ。それをはじめるんだよ」オブライエンはそこで急に背筋《せすじ》をしゃんと伸《の》ばし、おそれいったようにマクラク・チャーリーを見た。「なんで知ってるんだ？　話したことはないはずだがな。話したことがあると勝手に思っただけなんだがな。なあ、チャーリー、おまえさんは人の心が読めるんだな。まあいい、もう一杯飲もう」

カーリーはグラスをウィスキーで満たした。四ドル分のウィスキーが消えるのをありがたくも目にできたというわけだ。そして、そのうちの一ドル分は、自分を罰《ばっ》する自分自身の飲み分だ。オブライエンがあんたもいっしょに飲もうとしつこくいうせいだ。

「いますぐに売っちまった方がいいんじゃないか」ルクレアがいう。「あそこを掘《ほ》り上げるには二年はかかるぞ。そんな時間があれば、卵《たまご》を孵《かえ》してヒナから立派《りっぱ》なダチョウにまで育てて、たっぷり羽毛をとれるんじゃないか？」

オブライエンはその意見をじっくりきいて、うんうんとうなずいた。カーリー・ジムは感謝《かんしゃ》の目でルクレアを見て、ウィスキーをもう一杯《ぱい》そそいだ。

「ちょ、ちょっと待った！」ろれつがまわらなくなりはじめたマクラク・チャーリーが、唾《つば》を飛ばしながら口をはさんだ。「あんたの懺悔《ざんげ》のきき役として、いや、あんたの兄弟として、ちくしょう、それもちがう」

そこでいったんやめると、一息ついてからもう一度話しはじめた。「あんたの仲間として、そう、仕事仲間としていわせてもらうが、というか提案《ていあん》させてもらうが、いや、そうじゃない、おれが勝手にいうだけのことなんだが、ダチョウはもっといるかもしれないじゃないか。ちくしょう、おれはなにをいってんだ?」そこでウィスキーを飲み干《ほ》すと、おそるおそるつづける。「つまりだな、おれがいいたいのはだな、なんだっけ?」

マクラク・チャーリーは手のひらの付け根で自分の側頭部を五、六回たたいて、いおうとしていたことをひねりだした。

「わかった!」うれしそうに叫《さけ》ぶ。「あの金脈には、一万ドルどころじゃない、たっぷりの金があるかもしれないってことだよ!」

すっかり売る気になっていたように見えるオブライエンが、くるっとふり返った。「すごいぞ!」オブライエンは叫んだ。「すばらしいじゃないか。そんなこと考えもしなかった!」オブライエンはマクラク・チャーリーの手をかたく握《にぎ》った。「いい友だちだ。最高の仕事仲間だ!」

そして、にらみつけるようにカーリー・ジムを見た。「もしかしたら、十万ドルの価値《かち》があるかもしれないじゃないか。なあ、カーリー、まさか、古い友人からだまし取ろうとしてるんじゃないだろうな？　いや、そんなことはないよな。おまえさんのことはよく知ってるよ。おまえさん自身より知ってるぐらいだ。さあ、もう一杯《ぱい》飲もうや。わたしたちは親友じゃないか。ここにいるみんながだ」

こんなぐあいに酒盛《さかも》りはつづいた、ウィスキーが何度もくみかわされ、カーリー・ジムの期待も上がったり下がったり。すぐに売ってしまったほうがいいとルクレアが主張《しゅちょう》し、渋々《しぶしぶ》ながらもオブライエンが承知《しょうち》しそうになったものの、マクラク・チャーリーがもっとすばらしい意見をいってはひっくり返す。

そして次に、売った方が得だという意見で納得《なっとく》させかけたのはマクラク・チャーリーの方で、強硬《きょうこう》に反対してひきもどすのがパーシー・ルクレアになったりする。

そのすぐあとには、オブライエン本人が断固《だんこ》として売るべきだと訴《うった》え、チャーリーとルクレアのふたりが目に涙《なみだ》を浮《う》かべ、あるいはののしってなんとか意見をひるがえそうとする。

飲み干《ほ》したウィスキーの量がふえればふえるほど、三人の想像力《そうぞうりょく》はより豊《ゆた》かになっていった。売るにしろ売らないにしろ、しらふの意見がひとつでれば、酔《よ》っ払《ぱら》いの理屈《りくつ》が二十倍にもなって返ってくる。そして、おたがい、相手の意見にかんたんに納得してしまうので、いつまでたっても意見がいれ替《か》わるばかりで結論《けつろん》はでない。

マクラク・チャーリーとパーシー・ルクレアの両方が、売るべきだと意見が一致《いっち》したときには、オブライエンが反対するとすぐさま、嬉々《きき》としてその意見を却下《きゃっか》する。

オブライエンはだんだんどうでもよくなってきた。すっかり疲《つか》れてしまって、もうことばもでてこない。祈《いの》るような目で、自分にたてつく友人ふたりを見た。

オブライエンはテーブルの下でマクラク・チャーリーのすねを蹴飛《けと》ばした。しかし、礼儀《れいぎ》知らずの英雄《えいゆう》は、すぐさま、新たに、それまでいちばん論理的《ろんりてき》な売るべき理由を披露《ひろう》した。カーリー・ジムはペンとインク、紙をひっぱりだして、そこに売値《うりね》を書きこんだ。オブライエンはペンを握《にぎ》ってすわった。
「もう一杯《ぱい》飲ませてくれ」オブライエンはたのんだ。「わたしが十万ドル分損《そん》する
この契約書《けいやくしょ》にサインする前に」
カーリー・ジムは勝ち誇《ほこ》ったようにグラスを満たした。オブライエンはその酒を
飲み干《ほ》すと、ふるえる手でペンを握って、サインしようと前かがみになる。ところ
が、契約書にしみひとつつける前に、オブライエンはとつぜん立ち上がった。自分
の意識《いしき》にある考えが思い浮《う》かんで、それにショックを受けたからだ。
オブライエンは立ち上がったまま、前にうしろに体を揺《ゆ》すり、びっくりまなこの
まま頭のなかに浮かんだ考えをじっくり見直した。そして、結論《けつろん》に達した。顔には
善《よ》い行いをするのだというよろこびがあふれている。オブライエンは賭博場《とばくじょう》の経営《けいえい》
者《しゃ》に向き直り、その手を握ると、おごそかに語りだした。
「なあ、カーリーよ、おまえさんは友だちだ。さあ、しっかり握手《あくしゅ》しよう。わたし
はやらないぞ。そう、売らないからな。友だちから盗《ぬす》んだりできるもんか。マーカ

ス・オブライエンは、酔《よ》っぱらった友だちから盗みを働いたなんて、決してだれにもいわせるものか。なあカーリー、おまえさんは酔っぱらってる。そして、わたしはおまえさんから盗んだりはしない。たったいま思いついたんだ。こんなこと考えたことはなかったんだがな。いままで考えなかったなんて、わたしもどうかしてたよ。いいかい、想像《そうぞう》してほしいんだ。わたしの古い友だちカーリーよ、想像してくれ。あの金脈には一万ドルの価値《かち》なんてないかもしれないんだぞ。そうなれば、おまえさんはだましとられたことになる。そんなことするもんか。マーカス・オブライエンは、地面を掘《ほ》って金を手にいれるんだ。友だちからじゃない」

パーシー・ルクレアとマクラク・チャーリーが、オブライエンの気高さと男気を拍手喝采《はくしゅかっさい》してたたえたものだから、賭博場の経営者の反論《はんろん》の声はかき消されてしまった。ふたりは両側からオブライエンに倒《たお》れかかり、いとしげに首に腕《うで》をまわし、大声でしゃべりつづけたので、カーリーの申し出も耳に届《とど》かなかった。その申し出とは、もし産出価格《かかく》が購入《こうにゅう》価格の一万ドルを下まわった場合には、その差額《さがく》を返却《へんきゃく》するという条文《じょうぶん》を契約書《けいやくしょ》に書き加えるというものだった。

しゃべればしゃべるほど感情《かんじょう》が高まってきて、話の内容もどんどん高尚《こうしょう》なものになっていく。あさましい動機など、どこかに追いやられる。三人はカーリー・ジムとカーリー・ジムの博愛的精神《せいしん》を救《すく》うために闘《たたか》う、博愛主義者トリオだった。三人はカーリー・ジムもまた博愛主義者だという点にこだわった。三人は、そのときばかりは、世界中のどこかにあさましい考えがあるのだということを断固《だんこ》として拒絶《きょぜつ》した。三人は、気高い倫理《りんり》の高原に、山脈に、はいずりながら登りつめ、あるいは感傷《かんしょう》の海におぼれた。

カーリー・ジムは汗《あせ》をかき、腹《はら》を立てながらウィスキーをあおった。いいたいことならいくらでもあるというのに、そのどれひとつをとっても、買いたくてたまらない金脈を手にいれる役に立たない。話せば話すほどに金脈はどんどん遠ざかり、朝の二時、カーリー・ジムは負けを悟《さと》った。

役立たずの客人たちをひとりひとりキッチンから外へと放りだす。最後はオブライエンだ。こうして、三人は互《たが》いに支《ささ》え合うように腕《うで》をからめながら、玄関《げんかん》前の階《かい》段《だん》をよろめいていた。

「おまえさんは、りっぱな商売人だよ、カーリー」オブライエンがいった。「おまえさんは、思いやりがあって、なんとも、その気前がいい。誇《ほこ》りに思うよ。あさましさも、けちくささもみじんもない。もう一度いわせてもらえば……」

そのとき、賭博場《とばくじょう》の経営者《けいえいしゃ》はバタンとドアをしめた。

三人は階段の上で幸せそうに笑った。笑いはなかなかおさまらない。マクラク・チャーリーが演説《えんぜつ》をはじめた。

「ああ、おかしいじゃないか。腹《はら》がよじれるよ。いやいや、そんなこといおうとしたんじゃないんだ。おれがいいたいのは……なんだっけ？　思い出したぞ！　すぐに忘《わす》れちまうんだからおかしいよな。逃《に》げていくアイディア。それを追いかけるのは、狩《か》りみたいなもんだ。なあ、パーシーよ、おまえはウサギ狩りをしたことあるかい？　おれは犬を飼《か》ってたんだ。ウサギ狩り用の立派《りっぱ》な犬だ。なんて名前だっけ？　わからないな。名前なんかつけなかったのか？　忘《わす》れる名前、逃《に》げていく名前。それを追いかけるのは……そうじゃない。アイディアだ。逃げていくアイディアの話だよ。おれがいいたかったのはだな、つまり、ちくしょう、思い出せないぞ！」

　そのあと、しばらく沈黙《ちんもく》がつづいた。オブライエンはからめていた腕《うで》をはずして階段《かいだん》にすわると、居眠《いねむ》りをはじめた。マクラク・チャーリーは逃げていくアイディアを、ぼんやりした意識《いしき》のすみずみまで追いかけていた。ルクレアはチャーリーがなにをいうのかと、魅入《みい》られたように待ちかまえている。とつぜん、チャーリーがルクレアの背中《せなか》をひっぱたいた。

「つかまえたぞ！」マクラク・チャーリーが大声で叫《さけ》んだ。

たたかれたショックでルクレアのぼんやりとしていた頭の状態《じょうたい》は破《やぶ》られた。

「どれぐらい？」ルクレアがたずねる。

「ちがうちがう」マクラク・チャーリーが怒《おこ》ったようにいう。「つかまえたのはアイディアだよ。がっちりつかまえた。もう逃がさない」

ルクレアはぼんやりした、賞賛《しょうさん》の目でチャーリーの口元を見つめた。

「……ちくしょう！」とマクラク・チャーリー。

そのとき、キッチンのドアが一瞬《いっしゅん》だけ開いてカーリー・ジムがどなった。「とっとと家に帰りやがれ！」

「おかしいじゃないか」マクラク・チャーリーがいう。「おれのとおなじくらい、ひどいアイディアだ。さあ、帰るか」

ふたりはマーカス・オブライエンを両側からはさんで立たせると、歩きはじめた。マクラク・チャーリーは大声で、また別のアイディアを追いかけはじめた。ルクレアも熱心にそのアイディアを追う。

しかし、マーカス・オブライエンは別だ。きいてもいないし、目もつぶったままで、なにもわからない。操《あやつ》り人形のように、ふたりの仕事仲間に支《ささ》えられて、ただよろめき歩くだけだった。

三人はユーコン河沿《がわぞ》いの道を進んだ。家がそちらにあるわけじゃないのだが、逃《に》げていくアイディアはそっちの方にあった。マクラク・チャーリーはそのアイディアにクスクス笑ったが、ルクレアにはうまく伝わらない。

三人は、河の土手の、シスキュー・パーリーのボートがつながれた場所に着いた。もやい綱《づな》は三人が進む小道をまたいで、マツの切り株《かぶ》につながれていた。三人はその綱につまずいて、マーカス・オブライエンをいちばん下にして、おしつぶすようにころんだ。

その瞬間《しゅんかん》、マーカス・オブライエンはちらっとだけ我《われ》に返った。自分の上にのしかかってくる体を、しばらく、こぶしでめちゃくちゃになぐりつけた。それから、また眠《ねむ》ってしまった。おだやかないびきがはじまったのをきいて、マクラク・チャーリーはクスクス笑った。

「新しいアイディアを思いついたぞ」マクラク・チャーリーは話しはじめた。「できたてほやほやのアイディアだ。たったいま思いついたんだ。ふと頭に浮《う》かんだから、とっつかまえたってわけだ。オブライエンは酔《よ》っぱらってるだろ？　べろべろだ。みっともない話だ。みっともないにもほどがある。ちょっとばかりお仕置きをしてやろう。パーリーのボートをちょっと拝借《はいしゃく》してだな、そこにオブライエンを乗っけて、ユーコン河に流すのさ。オブライエンは朝まで眠ってるだろ。流れは急すぎて、漕《こ》いではもどってこられない。となると、歩いてもどるしかない。カンカンに怒《おこ》って、ヘトヘトになってもどってくるだろうな。おれたちは木にでも登って見物しようぜ。オブライエンにはお仕置きが必要なんだよ。お仕置きがな」

シスキュー・パーリーのボートには、オール以外なにもなかった。船端《ふなばた》が土手をこすっている。ふたりはマーカス・オブライエンをボートにころがし落とした。マクラク・チャーリーがもやい綱をほどくと、ルクレアがボートを流れへと押《お》しだした。その作業《さぎょう》で疲《つか》れ果ててしまったふたりは、そのまま土手に倒《たお》れこんで寝入《ねい》ってしまった。

翌朝《よくあさ》、レッドカウ中の男たちは、マーカス・オブライエンにしかけられたいたずらのことを知っていた。マーカス・オブライエンがもどってきたとき、ふたりの実《じっ》行犯《こうはん》がどんな目にあうかをめぐって、高額《こうがく》の賭《か》けをした連中もいた。

午後には見張《みは》りが立てられ、見つけ次第《しだい》、みんなに知らせることになっている。だれもかれもが、オブライエンが帰ってくるところを見たがった。ところが、オブライエンは帰ってこない。夜中まで起きて待っても帰ってこない。それどころか、翌日《よくじつ》も、その翌日も。

その後、レッドカウの住人はだれひとり、ふたたびマーカス・オブライエンを見ることはなかった。さまざまな憶測《おくそく》が飛んだものの、姿《すがた》を消したマーカス・オブライエンの謎《なぞ》の真相を知る者はいない。

真相を知っているのは、マーカス・オブライエンただひとりだ。そして、その真相を語るためにレッドカウにもどりはしなかった。

翌朝、目覚めたとき、マーカス・オブライエンはもだえ苦しんだ。尋常《じんじょう》じゃない量のウィスキーを飲んだせいで、胃《い》はからからで焼けるように痛《いた》んだ。頭もずきずき痛む、内側も、なぜか外側も。

そして、もっとひどいのが顔だった。六時間のあいだ、何千という蚊《か》にさされたせいで、毒がまわって顔はパンパンに腫《は》れ上がっていた。必死の思いでなんとか目をこじあけて、その狭《せま》いすきまから見るのがやっとだ。手を動かすとそれも痛む。なんとか見ようとしたのだが、自分の手だとは思えないほど、蚊の毒で腫れている。

マーカス・オブライエンは途方《とほう》に暮《く》れた。自分が自分であることさえ自信が持てない。まわりに見慣《みな》れたものはなにひとつない。なにかひとつでもあれば、それを足がかりに自分を取りもどすこともできるだろうに。過去《かこ》とも切りはなされている。というのも、自分の意識《いしき》を取りもどすための過去の記憶《きおく》がなにひとつないのだから。どちらにせよ、あまりにもぐあいが悪く惨《みじ》めで、自分がなにものであるかを追求《ついきゅう》しようという気力もなかった。

自分がマーカス・オブライエンだと思い出したのは、ふと、小指がまがっているのに気づいたときだった。何年か前にけがをして、なおらないままの箇所《かしょ》だ。その瞬間《しゅんかん》、過去《かこ》がどっとおしよせてきた。先週できた親指の爪《つめ》の下の血豆を見つけたときには、二重に確信《かくしん》を得た。このなんだか見慣《みな》れない手は、マーカス・オブライエンのものにちがいない。というより、この手を持っているのはマーカス・オブライエンなのだ。

最初は病気なんだろうと思った。川熱病にでもかかったのだろう。目をあけているのがつらいので、目はつぶったままだ。河《かわ》に浮《う》いた木の枝《えだ》がコツンとボートを打つ。マーカス・オブライエンはだれかが小屋のドアをノックしたのだろうと思った。「どうぞ、はいって」そういって、しばらく待った。返事がないので、いまいましげにいい放つ。「好きにしろ。ちくしょうめ」

そうはいいながらも、内心はそれがだれでも、小屋にはいってきてくれれば、ぐあいが悪いことを伝えられるのにと思っていた。

しかし、そこに寝《ね》そべったままでいるうちに、昨夜のことが、だんだん思い出されてきた。これは病気のせいなんかじゃない。ただの二日酔《ふつかよ》いだ。そろそろ起き上がって、仕事にいかなければ。仕事で例の金脈のことを思い出し、一万ドルを拒絶《きょぜつ》したことも思い出した。

マーカス・オブライエンはがばっと起き上がり、無理矢理目をあけた。そこはボートの上だった。ふくれあがったユーコン河《がわ》の上を流されている。トウヒに覆《おお》われた川岸と島々には見覚えがない。ショックでしばらく呆然《ぼうぜん》としてしまった。なにがなんだか、さっぱりわからない。昨夜のお祭り騒《さわ》ぎは覚えているのだが、あの酒宴《しゅえん》と、自分が置かれたいまの状況《じょうきょう》がまるで結びつかない。

マーカス・オブライエンは目を閉《と》じ、ずきずき痛《いた》む頭を両手で抱《かか》えこんだ。いったい、どういうことなんだ？　ゆっくりと、恐《おそ》ろしい考えが浮《う》かび上がってきた。その考えをおさえつけ、どこかへ吹き飛《ふ》ばそうと必死になるが、しつこくつきまとう。

それは、自分はだれかを殺してしまったんだろう、という考えだった。ユーコン河《がわ》を下るボートに乗せられている理由を説明できるのは、それひとつだけだ。長いあいだ、自分が取り仕切ってきたレッドカウの法律《ほうりつ》で、自分が裁《さば》かれたにちがいない。自分はだれかを殺し、ボートで追放された。でも、だれを殺したんだ？

答えを得ようと、痛《いた》む頭をなんとか働かせようとする。けれども、ぼんやりと思い出せるのは、自分の上にのしかかる何人かの体と、その体をなぐったことだけだ。あの連中は、だれだったんだ？　もしかしたら、殺したのはひとりだけではないのかもしれない。ベルトに手をのばす。鞘《さや》だけ残して、ナイフはなくなっている。あのナイフを使って人を殺したのは疑《うたが》いようがない。それにしても、殺すには理由があるはずだ。

マーカス・オブライエンは目を開けて、パニックになりながら、ボートのなかを見まわした。食糧《しょくりょう》はまったくない。マーカス・オブライエンはうめきながら、倒《たお》れ伏《ふ》した。自分は、なんの挑発《ちょうはつ》も受けずに人を殺してしまったんだ。そのせいで、自分はもっともきびしい罰《ばつ》を与《あた》えられたんだ。

三十分ほど、痛む頭を抱《かか》え、頭を働かせようとしながら、ピクリとも動かなかった。それから、河の水を飲んで胃《い》を冷ますと、すこし気分がよくなった。マーカス・オブライエンは立ち上がった。原始からつづく野生しかない雄大《ゆうだい》なユーコン河の上で、深酒を心から呪《のろ》った。

そのあと、ボートより深く沈《しず》んで速い勢《いきお》いで流れていた大きなマツの丸太にボートをくくりつけた。それから、河の流れで顔と手を洗《あら》い、船尾座板《せんびざいた》にすわって、じっくり考えた。いまは六月の末だ。ベーリング海までは三千キロある。ボートは一時間に平均《へいきん》八キロで進んでいる。この時期、こんなに緯度《いど》の高い地域《ちいき》では夜になっても暗くはならない。つまり、毎日二十四時間ぶっつづけで進むことができるということだ。となると、毎日二百キロほど進む計算だ。とちゅう、遅《おく》れがでたとしても、ベーリング海までは二十日ほどということになる。そのあいだ、燃料《ねんりょう》はいらない。河が運んでくれるのだから。マーカス・オブライエンは船底に寝《ね》そべって、体力を温存《おんぞん》した。

二日間はなにも食べなかった。その後、ユーコン・フラッツ地帯にたどりつくと、中州に上陸して、野生のガンやカモの卵《たまご》を集めた。マッチを持っていなかったので、卵は生のまま食べた。気持ち悪かったが、おかげで命をつなぐことはできた。

北極圏《ほっきょくけん》からでたところで、ハドソンベイ社の交易所《こうえきじょ》を見つけた。マッケンジーからやってくるはずの物資輸送隊《ぶっしゆそうたい》はまだ到着《とうちゃく》しておらず、食糧《しょくりょう》はなにもなかった。

交易所では野生のカモの卵ならあるといわれたが、マーカス・オブライエンはボートに山ほどあると答えた。ウィスキーも差しだされたが、異様《いよう》なほどはげしく断《ことわ》った。それでも、マッチは手にはいったので、その後は卵料理が食べられるようになった。

河口《かこう》に近づくほど向かい風が強くなって、ボートのスピードはにぶり、卵だけで二十四日すごすことになった。不運にも、聖《せい》パウロと聖十字架《せいじゅうじか》両方の伝道所は、眠《ねむ》っているあいだに通り越《こ》してしまった。そのせいもあって、あとになってマーカス・オブライエンは、ユーコン河流域《がわりゅういき》にあるといわれる伝道所はただの噂話《うわさばなし》で、そんなものはないと断言《だんげん》するようになった。伝道所などどこにもない。我《われ》こそはそれを知るただひとりの人間だといって。

ようやくベーリング海にたどり着くと、卵だけの食事から、アザラシだけの食事になった。どっちがより嫌《きら》いかとたずねられても、決してどちらかに決めることなどできなかった。

その年の秋、マーカス・オブライエンはアメリカの密輸監視船《みつゆかんしせん》に救出《きゅうしゅつ》され、おなじ年の冬、サンフランシスコで、禁酒講演者《きんしゅこうえんしゃ》として大成功をおさめた。この仕事はマーカス・オブライエンの天職《てんしょく》といえた。

「ボトルを避《さ》けよ」がスローガンであり、鬨《とき》の声だった。講演では、自分自身が酒のせいでとてつもない不幸な目にあったことを巧《たく》みにほのめかした。酒という悪魔《あくま》の罠《わな》のせいで、莫大《ばくだい》な富を失ったことさえ語った。

聴衆《ちょうしゅう》たちは、その事件《じけん》の背景《はいけい》に、酒が原因《げんいん》となった恐《おそ》ろしくも、想像《そうぞう》すらできないような気配を感じ取った。マーカス・オブライエンはこの天職で成功をおさめ、年齢《ねんれい》を重ねるにつれて、禁酒《きんしゅ》運動の十字軍として尊敬《そんけい》を集めるようになった。

しかし、ユーコン河《がわ》ではマーカス・オブライエンの失踪《しっそう》は伝説《でんせつ》になった。その謎《なぞ》は、イギリスの北極探検家《ほっきょくたんけんか》、サー・ジョン・フランクリン失踪の謎にもひけをとらないものとして語り継《つ》がれた。

命の掟《おきて》

The Law of Life

年老いたコスクーシュは、なにひとつききのがすまいと耳を傾《かたむ》けていた。目がかすむようになってずいぶんたつのだが、耳にはまだ衰《おとろ》えはなく、ほんのかすかな物音も、しわだらけのおでこの内側にいまだちらちらと燃《も》えている知恵《ちえ》の熾火《おきび》にまで染《し》み透《とお》る。しかし、もはや、その知恵でこの世界で起こる物事を見通そうとすることもなくなっていた。

ああ、甲高《かんだか》い声で犬どもをののしり、打ちすえながらハーネスにつけようとしているのはシトクムトゥハだな。シトクムトゥハは、コスクーシュの娘《むすめ》の娘なのだが、なにかといそがしすぎて、雪のなかに打ち捨《す》てられた祖父《そふ》を思いやる余裕《よゆう》などないのだった。キャンプ地を撤収《てっしゅう》しなければならない。日はどんどん短くなるのに、長い旅が待っている。命がシトクムトゥハを急《せ》き立てる。死の、ではなく命の責務《せきむ》が。

そして、コスクーシュの命は、もう先がない。

そこに思い至《いた》ると、一瞬《いっしゅん》、コスクーシュは取り乱《みだ》した。しびれる手を前にのばすと、その手はふるえさまよいながらも、かたわらにある小さな乾《かわ》いた薪《まき》の山の上に乗った。それがまちがいなくそこにあるのを確《たし》かめると、その手をみすぼらしい毛皮のなかにもどした。そして、ふたたび耳を傾ける。

半分凍《こお》りかかった革《かわ》が立てるミシミシというにぶい音で、首長のヘラジカ革のテントが解体《かいたい》され、持ち運びできるよう、小さくたたまれてしまったことがわかる。その首長とはコスクーシュの息子《むすこ》であり、部族を率《ひき》いる意志《いし》の強い屈強《くっきょう》な男で、すぐれた狩人《かりうど》でもある。荷造りをする女たちにむかって、もっといそげと声をかける息子の声がきこえる。コスクーシュは耳をそばだてた。その声をきくのも、これが最後になるのかもしれない。

あれはギーハウのテントだな。次はタスケンのテントだ。七つ、八つ、九つとテントがたたまれていき、残っているのはまじない師《シャーマン》のテントだけのようだ。そら、いまそれにも手がかかった。コスクーシュの耳には、荷物をそりに積みながらうめく、まじない師《シャーマン》の声がとどいた。

ぐずりはじめた子どもを、やさしくあやす女の声がきこえる。ぐずっているのはリトル・クーティーだな。あの子はいつもぐずっているし、体も強くない。おそらく長くは生きられないだろう。凍《こお》ったツンドラの上で火をたいて穴《あな》を掘《ほ》り、そこに埋《う》め、クズリに荒《あ》らされないように石を積むことになるのだろう。しかし、それもしかたのないことだ。もってもせいぜい二、三年だろうし、腹《はら》をすかしたときも、腹がいっぱいのときもあるだろうが、どうせ最後には死が待っているのだから。いつだって、だれよりも腹をすかしている死のやつが。

今度はなんだ？　ああ、男たちがそりの荷物をひもで固くしばりつけている音だな。これが最後とばかりにコスクーシュはじっときく。犬どもにむかって鞭《むち》を鳴らす音がひびく。犬は情《なさ》けのない声をだしているぞ。旅にでるのがいやでしょうがないんだな。ほら、ついに動きだした！

次々とそりがゆっくり遠ざかっていき、もう、その音もきこえない。行ってしまった。みんなコスクーシュの人生からでていってしまった。わずかに残された時間はつらいものになるだろう。

いやちがう。雪を踏《ふ》みしめるモカシンの音が近づき、コスクーシュのそばに立った。頭の上にやさしく手がそえられる。こんな心づかいのできる息子《むすこ》でよかった。コスクーシュは息子たちにさっさと置き去りにされてしまったほかの年寄《としよ》りたちのことを思い出していた。しかし、この息子はちがう。コスクーシュは息子の若々《わかわか》しい声で、我《われ》に返った。

「だいじょうぶですか、父さん？」

「ああ、だいじょうぶだとも」

「そこに薪《まき》がありますからね。たき火もよく燃《も》えてます。どんよりした朝で、寒くなってきました。じきに雪がふりだすでしょう。いまもちらつきはじめてますが」

「ああ、ちらつきはじめたな」

「みんないそいでます。荷物は重いし、みんな腹《はら》ペコだ。道は遠いからいそがなくちゃならないんです。ぼくも行かなくちゃ。いいですね？」

「ああ、いいとも。わしは枝《えだ》にしがみついた最後の葉っぱのようなものだからな。風のひと吹《ふ》きで散ってしまうだろう。声はばあさんみたいになってしまった。それに、自分の足も見えないぐらい目も弱ってしまった。その足もずっしり重い。もう疲《つか》れたよ。だが、だいじょうぶだ」

コスクーシュは雪を踏《ふ》みしめる音がすっかりきこえなくなるまで、満足げに首をうなだれていた。とうとう、息子《むすこ》は声の届《とど》かないところへ行ってしまった。

コスクーシュはあわてたように、手を薪《まき》にのばした。この薪だけが、目の前で大きく口を開けた永遠《えいえん》と自分のあいだに立ちふさがっているものなのだ。この一握《にぎ》りの薪がコスクーシュの残された命そのものだ。一本一本、火にくべるたび、一歩一歩、死がしのびよる。そして、最後の一本が燃《も》え尽《つ》きるとき、寒さが力をたくわえていく。

最初にやられるのは足だ。それから手。やがて末端《まったん》から体の中央にむかってじわじわと無感覚が広がっていく。頭はひざのあいだに落ち、ゆっくり休むのだ。かんたんなことじゃないか。人はだれだって死ぬのだ。

別に不満などない。命とはそういうものだ。コスクーシュは大地に生まれ、大地に生きてきた。大地の掟《おきて》は十分に知っている。これが、大地に生きるすべての命の掟だ。自然は命に優《やさ》しくなどない。自然は、個々《こ こ》の命をいちいち気にかけたりなどしない。自然が気にかけているのは、種族全体の命だ。

これが、コスクーシュの素朴《そぼく》な知性《ちせい》がたどりついた精一杯《せいいっぱい》の考えなのだが、しっかりと根付いてもいる。コスクーシュは自然界のすべてのなかに、この考えを見いだしていた。木の幹《みき》をかけのぼる樹液《じゅえき》、いっせいに芽吹《めぶ》くヤナギの緑の若芽《わかめ》、散っていく黄色い葉。それだけを見ても、生命すべての姿《すがた》が見て取れる。

しかし、自然が個々の命に課している使命がひとつだけある。それを果たさなければ、命はつきる。それを果たしてもおなじこと。命はつきる。どちらであろうと、自然は気にしない。この役割《やくわり》に従順《じゅうじゅん》なものはたくさんいるが、だからといって、生き残るのはその従順さだけなのであって、従順なものは生き残らない。

コスクーシュの部族は古くからつづいていた。コスクーシュが子どもだったころに知っていた老人も、それ以前の老人たちを知っていた。部族が長く生きのびるということは、みんなが従順であったことを示《しめ》しているといえるだろう。そして、それは、祖先《そせん》が眠《ねむ》る地が記憶《きおく》に残らないほどのむかしにまでさかのぼることができる。

でも、祖先のことなど、大したことではない。ただの昔話にすぎないのだから。みんな、夏の空から雲が消えるように消えてしまった。コスクーシュもそんな昔話のひとつで、忘《わす》れられてしまう。自然は気にしない。自然は命に使命を与《あた》えた。そして、ひとつの掟《おきて》を与えた。命に与えた使命とは種族を絶《た》やさないことで、掟とは死だ。

若《わか》い乙女《おとめ》とはいいものだ。胸《むね》はふくらみ、力強く、足取りは弾《はず》み、目には光をたたえている。しかし、乙女には使命が待っている。目の光はさらに輝《かがや》き、足取りはさらに軽くなり、若い男に大胆《だいたん》に迫《せま》るかと思えば、ときにおずおずとしりごみして、自分とおなじように男の心も落ち着かなくさせる。

乙女はどんどん美しくなり、やがて狩人《かりうど》のひとりがまんしきれず、乙女を自分の小屋に引きいれて、自分のために料理を作らせたり、身のまわりの仕事をさせたり、子どもを産《う》ませたりする。そして、子どもができると、美しさは去ってしまう。

手足はもたつくようになり、目はかすみ、たき火のかたわらのしわだらけの顔をおもしろがってくれるのは、小さな子どもたちだけになってしまう。彼女《かのじょ》は使命を果たしたのだ。次の飢饉《ききん》か、次の長い旅までもうしばらく生き残って、コスクーシュとおなじように、わずかな薪《まき》とともに雪のなかに置き去りにされる。それが自然が与えた掟だ。

コスクーシュは薪を一本火にくべると、ふたたび物思いにふけった。この掟はいたるところ、あらゆるものにあるじゃないか。蚊《か》は最初の霜《しも》で死に絶《た》え、小さなリスも木の上を走りまわって死んでいく。年を取ったウサギの動きはにぶくなり、敵《てき》からはのがれられない。大グマにしても、足はもたつき、目も見えなくなり、気難《きむずか》しくなって、やがてはキャンキャン吠《ほ》えたてるわずかな犬どもに引きずり倒《たお》されてしまう。

コスクーシュはある冬の日、クロンダイク河《がわ》の上流に父親を置き去りにしたことを思い出していた。それは、宣教師《せんきょうし》が説教本《せっきょうぼん》と薬箱を持ってやってくる前の冬だった。コスクーシュはその薬箱のことを何度も思い出しては舌《した》なめずりしたものだったが、いまでは、よだれもでてこない。それにしてもあの「痛《いた》み止め」はうまかった。

しかし、結局《けっきょく》、宣教師はやっかいの種でしかなかった。というのも、自分は肉を持ってこないくせに、しこたま食べるだけ食べて、狩人《かりうど》たちを怒《おこ》らせたからだ。しかし、その宣教師もメイヨ河の分岐点《ぶんきてん》で死んでしまい、かぎつけた犬たちに墓《はか》を荒《あ》らされ、骨《ほね》を奪《うば》い合われることになってしまった。

コスクーシュはもう一本薪《まき》を火にくべ、過去《かこ》の思い出に浸《ひた》った。大飢饉《だいききん》に襲《おそ》われたこともあった。あのとき、長老たちは空っぽの腹《はら》を抱《かか》えて火のかたわらにすわり、ユーコン河が三年つづけて冬になっても凍《こお》らず、その後、三年つづけて夏に凍りついたという昔話を語っていた。コスクーシュの母親はその飢饉で死んだ。夏になってもサケは上がってこず、冬になればやってくるはずのトナカイを心待ちにしていた。しかし、冬になってもトナカイはやってこなかった。村でいちばんの年寄《としよ》りも、そんなことは経験《けいけん》したことがなかった。

しかし、トナカイがやってこないまま七年がたち、ウサギもあらわれず、犬たちはみな骨の束になってしまった。長くつづく暗闇《くらやみ》のなかで、子どもたちは泣き叫《さけ》びながら死んでゆき、女たちも、年寄りたちもそれにつづいた。春になって太陽がもどってきたのを目にしたのは、わずかに十人にひとりだけだった。あれが飢饉というものだ！

しかし、コスクーシュは豊《ゆた》かなときも知っていた。肉は腐《くさ》るほど有り余《あま》り、犬は食べすぎで太って役に立たなくなり、獲物《えもの》を殺さずにやりすごし、女たちはたくさん子を産《う》み、小屋には子どもたちがところせましと寝《ね》ころんでいた。そうなると、男たちは思い上がるようになり、昔のいさかいごとをぶり返し、南へ行ってはペリー族を殺し、西へ行ってはタナナ族を殺した。

コスクーシュは、子どものころの豊《ゆた》かだったときに見た、オオカミたちに引きずり倒《たお》されたヘラジカを思い出した。ジンハといっしょに、雪に寝そべって見た光景だ。ジンハはその後、もっとも巧《たく》みな狩人《かりうど》になったのだが、ユーコン河《がわ》の氷にあいた穴《あな》に落ちて死んでしまった。死体が見つかったのは一か月もあとのことで、氷の穴から半分体を引き上げたままの姿《すがた》だった。

話をヘラジカにもどそう。ジンハとコスクーシュは、その日、父親たちのまねをして、狩《か》り遊びをしにでかけていった。小川の川床《かわどこ》につけられたばかりのヘラジカの足跡《あしあと》を見つけたのだが、たくさんのオオカミの足跡がそれを追っている。

「年寄《としよ》りのヘラジカだな」足跡を読み取るのが得意なジンハがいった。「群《む》れについていけなくなったんだ。オオカミたちが仲間から切りはなしたんだろう。まちがいなくやられるな」

そして、その通りだった。それがオオカミのやり方だ。昼も夜も休むことなく、足元でうなり、鼻にかみつき、最後まではなれない。ジンハとコスクーシュの血がたぎった！　オオカミたちの狩りの終わりは、さぞかしすごいだろう！

ふたりはわくわくしながらあとを追った。コスクーシュのように、鋭《するど》い目を持たない未熟《みじゅく》なものでも、目をつぶっていても追えるほどくっきりした足跡だ。ふたりは体をほてらせながら、まだ新しい、一歩一歩に残酷《ざんこく》な悲劇《ひげき》が刻《きざ》まれた足跡を追いかけた。

ふたりはヘラジカが足を止めてオオカミたちと面と向かったらしい場所にたどりついた。四方の雪が、人間のおとな三人分ほどの長さにわたって堅《かた》く踏《ふ》みしめられている。その真んなかに、大きな蹄《ひづめ》の跡が深く刻まれていて、そのまわりのあちこちに、オオカミの軽やかな足跡がある。

すぐにでも殺そうと躍起《やっき》になっているオオカミもいれば、かたわらに寝そべって休んでいるオオカミもいる。体を長々と伸《の》ばして寝《ね》そべるオオカミの跡《あと》は、ほんのいましがた刻《きざ》まれたかのようにくっきりしていた。

一匹《ぴき》のオオカミは、死に物狂《ものぐる》いのヘラジカの一撃《いちげき》で踏《ふ》み殺されてしまったようだ。その場に残っているしゃぶりつくされた骨《ほね》の何本かが、そのようすをはっきりと伝えている。

ふたりは第二の戦闘跡《せんとうあと》で足を止めた。巨大《きょだい》な動物が必死で戦ったことがうかがえる。雪についた跡から見ると、ヘラジカは二度引きずり倒《たお》された。そして、二度、オオカミたちをふりはらってふたたび逃《に》げている。ヘラジカはとうの昔に使命を終えているはずだった。それなのに、ヘラジカは命を捨《す》てずにすんだ。

ジンハは、一度倒されたヘラジカが逃げおおせるなんて不思議なことだといった。だが、それは確《たし》かに起こったことだった。もしまじない師《シャーマン》に話したら、そこになにかの印と驚異《きょうい》を見たかもしれない。

ふたりがさらに進むと、ヘラジカが土手をかけ登って、森に逃げこもうとした場所にでた。しかし、オオカミたちにうしろから襲《おそ》いかかられて、あおむけにもんどりうっている。そのときにおしつぶされたオオカミが二頭、深い雪のなかに埋《う》もれたままになっていた。二頭をそのままにしていったということは、ついさっき起こったばかりだということだ。

さらに戦闘跡を二か所いそいで通りすぎる。場所の間隔《かんかく》は短くなっている。いまや足跡は赤く染《そ》まり、規則《きそく》正しかったヘラジカの歩幅《ほはば》は短く、乱《みだ》れている。

そしてふたりは、ついに戦いの音をききつけた。追跡をしかけるときに交わしあう朗々《ろうろう》とした声ではなく、至近距離《しきんきょり》から襲いかかるときの短く、甲高《かんだか》い吠《ほ》え声だ。

ジンハは腹《はら》ばいになって風下にまわった。後に部族の長《おさ》となるコスクーシュも、ぴったり寄り添《よそ》う。ふたりはトウヒの若木《わかぎ》の枝《えだ》の下に並《なら》んで寝そべり、前をのぞき見た。ふたりが見たのは戦いの最後だった。

若いころに見たほかの光景とおなじように、そのときのようすもいまだに強く印《いん》象《しょう》に残っている。はるかに時を隔《へだ》てたいまも、そのかすんだ目に、ヘラジカとオオカミの戦闘《せんとう》のようすが生々しくよみがえる。コスクーシュはそのことにおどろいた。なぜなら、コスクーシュはその後、部族の長《おさ》として、長老たちの相談役として、めざましい数々の偉業《いぎょう》を成《な》し遂《と》げていたからだ。ペリー族の連中から呪《のろ》われるようなこともしたし、あのみょうちきりんな悪い白人をナイフとナイフの戦いで殺しもした。

たき火が消えかかって寒さがぐんと深まるまで、コスクーシュは長い時間、若《わか》かったころの思い出に浸《ひた》っていた。今度は薪《まき》を一度に二本くべて火を強めると、残った薪を握《にぎ》って、自分に残された命の時間をはかった。

もし、シトクムトゥハが祖父《そふ》を思いやって、もうすこし薪を集めておいてくれたなら、数時間は命ものびたろうに。むずかしいことではなかったはずだ。だが、もともと気の利かない子だったし、ジンハの息子《むすこ》、ビーバーに目をとめられてからは、祖先《そせん》を敬《うやま》う気持ちもなくしてしまった。だが、それもしかたのないことだ。自分だって、若かったころはそうじゃなかったといえるのか?

しばらくのあいだ、コスクーシュは沈黙《ちんもく》に耳を傾《かたむ》けていた。もしかしたら、息子の決心がにぶり、ここへもどってきて、この老いた父親を犬ぞりに乗せてくれるかもしれない。そうして、部族とともにたっぷりと脂肪《しぼう》を身にまとったトナカイを追う旅にでるのだ。

とりとめなくめぐる思いをとめて、耳をそばだててみる。なにもきこえない。深い沈黙のなかで、ひとり大きな息をつく。なんというさびしさだ。

いや、待て！　あれはなんだ？　全身に悪寒《おかん》が走る。沈黙を破《やぶ》ったのは、ききなれた長くひきずるような吠《ほ》え声だ。しかもすぐ近くからきこえてくる。そして、現《げん》実《じつ》の世界を見ることはできなくなったコスクーシュの目に、子どものころに見たあのヘラジカの姿《すがた》が映《うつ》った。年を取ったオスのヘラジカだ。裂《さ》けた横腹《よこばら》から血を流し、たてがみは乱《みだ》れ、枝分《えだわ》かれした大きな角を低く下げ、最後の最後までふり立てていたあのヘラジカだ。

そして、すばやく動く灰色《はいいろ》の姿と、ギラギラ輝《かがや》く目、だらりとたれた舌《した》と、よだれに光る牙《きば》が見えた。さらに、オオカミたちの輪が、踏《ふ》み固められた雪の暗い一点になるまで、どんどんせばめられていくのを見た。

頬《ほお》に冷たい鼻面を押《お》しつけられて、コスクーシュの意識《いしき》はひととびにいまこの瞬《しゅん》間《かん》にもどった。コスクーシュはたき火のなかに手をつっこみ、燃《も》える薪《まき》をひっぱりだした。先祖《せんぞ》代々刷《す》りこまれた人間への恐《おそ》れに一瞬《いっしゅん》ひるんで、引き下がったそのオオカミは、長く遠吠《とおぼ》えをして仲間を呼《よ》んだ。仲間たちがそれに答える。

やがて、口からよだれをたらし、低く身構《みがま》えたオオカミたちにぐるりと取り巻《ま》かれてしまった。コスクーシュはその輪がせばまる音をきいていた。手にした薪をめちゃくちゃにふりまわすと、クンクンという音がうなり声に変わった。それでも、ハッハッと荒《あら》い息をつくオオカミたちは立ち退《の》きはしない。まず一頭が、腹《はら》ばいになって、及《およ》び腰《ごし》に前に進んでくる。二頭目、三頭目がそれにつづく。引き下がるものは一頭もいない。

自分はなぜ、命にしがみついているのだろう？　コスクーシュはそう自分に問いかけて、燃える薪を雪のなかに落とした。薪の火はジュッと音を立てて消えた。オオカミたちは落ち着きなくうめき声をあげているが、まだ襲《おそ》いかかってはこない。

コスクーシュの目に、ふたたびあの年老いたヘラジカの最期の姿《すがた》が浮《う》かび上がった。コスクーシュは頭をがくんとひざのあいだにたれた。これ以上、どうしようというんだ？　これこそが命の掟《おきて》ではないか。

訳者《やくしゃ》あとがき

人生においても、その作品においても、ジャック・ロンドンほど多彩《たさい》、多面的な作家はそう滅多《めった》にいないでしょう。

一八七六年にカリフォルニア州サンフランシスコに生まれたジャック・ロンドンは、貧《まず》しさゆえに幼《おさな》い頃《ころ》からさまざまな職業《しょくぎょう》を経験《けいけん》します。新聞配達を皮切りに、週末には氷屋で氷の配達をしたり、ボーリング場でピンを立てる仕事もしていました。小学校を卒業するとすぐに缶詰《かんづめ》工場で働きはじめ、その後もアザラシ漁船の乗組員としてはるばる日本にまでやってきたかと思えば、ゴールドラッシュにわくクロンダイク地方での金鉱掘《きんこうほ》りも。そうした職歴の間には、ホームレス同然にアメリカ、カナダを放浪《ほうろう》して歩いたり、わずか一学期だけ大学に在籍《ざいせき》したりもしています。さらには、カリフォルニア州オークランド市の市長選に二度も挑《いど》んだり、ロンドンのスラム街で暮《く》らしたり、新聞社の特派員《とくはいん》として日露《にちろ》戦争の取材で日本を再訪《さいほう》したり……。

作家としては、一九〇三年に発表した『野性の呼び声《やせいのよびごえ》』で一躍《いちやく》人気を得て、四十年の短い生涯《しょうがい》のあいだに（一九一六年没《ぼつ》）五十冊《さつ》以上の著作《ちょさく》を残しました。日本では『野性の呼び声』と『白い牙《きば》』が圧倒的《あっとうてき》に有名ですが、長編《ちょうへん》小説、ノンフィクション作品以外に二百以上の短編《たんぺん》があり、その内容の多彩さには目がくらむばかりです。

本書にも収《おさ》めた「たき火」「命の掟《おきて》」に代表される〈極北もの〉、日本を舞台《ぶたい》にした作品もある〈多人種もの〉、〈社会派もの〉に〈SF・空想もの〉、人気作家になったのちに帆船《はんせん》での世界一周旅行をめざした旅（結局途中《とちゅう》で挫折《ざせつ》するのですが）が反映《はんえい》された〈南海もの〉があるかと思えば〈ボクシングもの〉まで。

本書ではそうした多彩な作品群《さくひんぐん》のごく一端《いったん》を垣間《かいま》見るにとどまっているのですが、ジャック・ロンドンの多面的なおもしろさは十分に伝わる選定になったのではない

かと思っています。なかでも、調べた限《かぎ》り、日本では六十年近く前に一度紹介《しょうかい》され
ただけの「荒野《こうや》の旅人」と「キーシュの物語」を収録《しゅうろく》できたことはとてもうれしく
思っています。

本書の翻訳《ほんやく》にあたっては、編集《へんしゅう》の大石好文《おおいしよしふみ》さん、小宮山民人《こみやまたみひと》さん、郷内厚子《ごうないあつこ》さん
にお世話になりました。ありがとうございました。

二〇一六年十二月

千葉茂樹

| 作者 |

ジャック・ロンドン

Jack London

1876年アメリカ・サンフランシスコに生まれる。10代のとき、牡蠣密猟者、密猟監視者、遠洋航海船員などさまざまな職につき、各地を転々とする。ゴールドラッシュのクロンダイクへ金鉱探しの旅に出たときの越冬の経験から『野性の呼び声』や『白い牙』など極北の自然を描いた作品がうまれる。ほか『ジャック・ロンドン放浪記』『どん底の人々』『海の狼』など、多作でも知られる。1916年没。

| 訳者 |

千葉 茂樹

Shigeki Chiba

北海道に生まれる。国際基督教大学卒業。出版社勤務を経て翻訳家となる。訳書に「オー・ヘンリーショートストーリーセレクション」(全8巻)『スターガール』『シャクルトンの大漂流』『マルセロ・イン・ザ・リアルワールド』『ブロード街の12日間』『サキ 森の少年』など多数ある。

| 画家 |

ヨシタケ シンスケ

Shinsuke Yoshitake

1973年神奈川県に生まれる。筑波大学大学院芸術研究科総合造形コース修了。『りんごかもしれない』で第6回MOE絵本屋さん大賞第一位、第61回産経児童出版文化賞美術賞などを受賞。ほか作品に『しかもフタが無い』『結局できずじまい』『そのうちプラン』『りゆうがあります』などがある。

世界ショートセレクション ❸

ジャック・ロンドン ショートセレクション
世界が若かったころ

2017年1月　初版
2023年2月　第6刷発行

作者　ジャック・ロンドン
訳者　千葉茂樹
画家　ヨシタケ シンスケ
発行者　鈴木博喜
編集　郷内厚子
発行所　株式会社 理論社
〒101-0062 東京都千代田区神田駿河台2-5
電話 営業03-6264-8890 編集03-6264-8891
URL https://www.rironsha.com
デザイン　アルビレオ
組版　アズワン
印刷・製本　中央精版印刷
企画・編集　小宮山民人 大石好文

ISBN978-4-652-20176-3　NDC933　B6判　19cm　207p

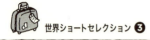